—— 날마다,
출판

# 날마다,── 출판

작은 출판사를
꾸리면서
거지 되지 않는 법

───── 박지혜

싱긋

# 이 굴레와 족쇄를 기꺼이
# 감내하려는 당신들에게

원래 프롤로그의 제목은 '대자유를 찾아서'였다. 오래 전, 내가 나온 대학의 소설 창작 수업에서 소설가인 교수와 소설가 지망생인 학생이 나눴다고 전해지는 대화로 서두를 시작한 글이었다. 그냥 지우기는 아쉬우니 다시 적어보자면 이렇다. 막 입학한 신입생들의 창작 수업에 들어간 소설가 교수가 "자넨 왜 이곳에 왔나?" 하고 묻자 지목당한 신입생이 "대자유유"라고 대답했다는 것이다. "뭐라고?" 다시 묻는 소설가의 물음에 신입생은 이렇게 말했다고 한다. "대자유유. 대자유를 찾으러 왔슈."

나도 여차저차 대자유를 찾기 위해 출판을 시작했노라고, 잔뜩 멋을 부린 출사표를 밝힐 요량이었다. "모든 자유가 그렇듯이, 두려워서 너무 달콤했다"와 같이 강럴한 문장도 마지막에 배치해둔 참이었다. 그러나 원고를 모두 완성하고 난 후 다시 한번 찬찬히 살펴보면서, 출판은 대자유일 수가 없다는 생각에 프롤로그를 모두 지워버렸다. 출판은 굴레고 족쇄다. 어쩌다 책이라는 굴레에 빠져서 출판이라는 족쇄를 찬 우리에게, 출판사를 차려 발행인이 되었다는 것은 빠져나갈 수 없는 족쇄를 찼다는 말에 불과하다. 아마 이 글을 읽기 전 섣불리 작은 출판사의 대표가 되신 분 중 다수는 이달엔 어디서 돈을 구해야 하나 고민하는 분들이 계실 것이다. 돈보다는 가치를 보고 일한다는 번지르르한 말을 내뱉을 때마다 실은 그게 아니어서 속이 화끈거리는 분들도 많을 것이다. 내가 그렇다. 일단 책을 내놨다 하면 기다렸다는 듯이 독자들이 줄을 서서 사갈 줄 알았는데, 그래서 함께 고생한 사람들에게 고기도 사고 성대한 저자 강연회도 열고 얼마 안 가 차도 뽑고 들어온 떼돈으로 잘하면 사옥도 지을 줄 알았는데, 저절로 팔리는 책 덕분에 여유롭게 출근하고 퇴근하면서 아이들과 좋은 데도 놀러 다니고 경치 좋은 곳에서 책도 많이 읽고 글도 제법 쓸 줄 알았는데, 지난 1년 동안 내가 한 일을 두 가지로 압축해보자면 딱 이렇다. 죽어라고 일한 거. 이번달에 또 앵꼬 나면 어쩌나 걱정한 거. 그러니 미리 말씀드리지만 돈 벌려고 출판사 대표를 시작하는 분들이 계신다면, 일단 그 마음을 집어삼키라고 말씀드리고 싶다. 여유롭게 내 생활 누리며 출판사 대표라는 낭만적인 직함을 유지하고 싶은 분들께도 당부드리지만 출판사 대표는 한 조직의 장(長)이 아니다. 스스로 찬 족쇄의 결과로 끊임없이 책을 만들고 팔아야 하는 노예다. 내 비루한 실력 때문에 이런 자조적인 상황 진단을 한다고 생각하실 수 있지만, 절반은 맞고 절반은 틀리다. 이 책을 모두 읽고 나면 '이렇게까지 했는데도 어려웠구나' 싶은 생각에 가련한 나를 한번 꼭 안아주고픈 마음이 드실 것이다.

이 책은 일단 시작했다 하면 그지(왠지 너무 분명해서 '거지'라고 적고 싶지가 않다)가 될 확률이 높은 대표적 사양산업에 뛰어들어 1년을 버텨낸 기록이다. 힘들었고, 힘들었고, 음…… 힘들었다. 얼핏 봐도 힘들겠지만, 구체적으로 보면 왜 이렇게 힘든지 더 잘 알 수 있을 것이다. 그러나 스스로 찬 족쇄 덕분에 말도 안 되는 자부심과 행복감을 느낀 것도 분명하다. 살면서 이 이상의 의미를 구현해낸 적이 있었던가. 남편 만나고 아이들 낳은 것을 제외하면 이토록 행복감 넘치는 일을 해본 기억이 없다.

나는 2007년 11월, 당시 100명가량의 직원이 근무하던 첫 회사 어학팀에 편집자로 입사해 2년 7개월을 근무했고, 퇴사하는 주의 일요일까지 노예처럼 일하다가 2010년 4월 1일 비슷한 규모의 두번째 출판사로 이직했다. 그곳에서 10년을 일하면서 자기계발서와 경제경영서, 인문교양서를 만들었다. 필요하면 어학서도 만들고 아동학습서도 만들고 과학일반 도서도 만들었다. 다시 말해, 돈이 된다 싶은 책은 모두 만들었다. 이 과정에서 발 빠른 기획의 중요성을 학습하기도 했고, 전문 분야에 대해 아는 지식이 없는 채로 담당도서를 편집하려면 어떤 방식으로 학습해야 하고 어떻게 저자와 소통해야 하는지를 익혔다. 어떤 책에 대해서는 속절없이 무능했고, 어떤 책에서는 저자도 인정할 정도로 좋은 결과를 만들어냈다.

그사이 시장은 점점 악화했다. 사는 사람이 줄어드는 시장에서 팔려는 사람은 넘쳐나니 어느 순간부터는 내가 만든 책이 독자에게 읽히기 위한 것인지, 서점에 밀어내서 당장의 매출을 끌어당기기 위한 것인지 목적을 알 수가 없게 되었다. 주간회의 때마다, 월례회의 때마다, 모든 기획회의와 편집회의에서 결론은 모두 매출로

이어졌다. 매출을 맞춰야 하니 종수를 채워라, 일하던 직원이 나가면 남은 직원이 메꾸고, 사람을 뽑았으면 그만큼 책도 더 내라, 온통 매출이었다.

2019년 12월 퇴사할 때엔 그야말로 책 만드는 일에 대한 환멸뿐이었다. 표면적으로는 아이 키우는 문제와 이런저런 회사 내 갈등이 문제였으나 내면에는 매출 목표를 채우기 위해 사력을 다해 찍어낸 책이 독자 얼굴 한 번 마주하지 못하고 죽어버리는 것에 대한 엄청난 좌절감과 죄책감이 자리하고 있었다. 이런 회의감은 왜 책이 이대로 죽도록 손놓고 보고만 있는가 하는 원망으로 이어졌고, 마치 내가 책을 사랑하는 유일하고 절대적인 누군가인 것처럼 이 사람 저 사람을 비난하고 다녔다.

회사를 나온 직후엔 아이들과 좀 한가롭게 쉬면서, 그동안 못 했던 것 하며 내가 더 잘할 수 있는 일이 없을까 고민해보려고 했다. 일찌감치 뉴욕행 티켓도 끊어둔 터였다. 아이와 가서, 미술관과 공원과 브로드웨이와 온갖 카페 들을 돌아다닐 참이었다. 그러다가 코로나가 들이닥쳤고, 집에서 아이들을 돌보며 책을 읽었다. 책장을 넘기다가 동이 트기도 했고, 여러 강연이나 기사를 찾아보며 '이분은 나중에 이런 글을 쓰시면 좋겠다'며 혼자 생각하기도 했다.

한 권의 책에는 한 개의 정교한 세계가 있다. 차례라는 지도를 통해 우리는 그 세계가 지닌 전체로서의 체계성을 확인할 수 있고, 문장을 따라가며 그 세계의 온갖 사물과 풍경, 정취를 경험할 수 있다. 종이라는 한계야말로 책이 지닌 가장 역동적인 가능성이다. 한 줄 세계의 위치를, 손으로 가리켜 짚어낼 수 있다는 것은 얼마나 훌륭한 기록과 기억의 행위인가. 따라서 책은 말하고자 하는 욕망을 가장 체계적으로 구현할 수 있는 매체인 동시에 듣고자 하는 욕망을 가장 제약 없이 충족시키는 수단이다. 인간은 보고 듣고 말하고 난 뒤에는 그걸 어딘가에 정리해야 하는 존재다. 그 정리의 결과이자, 가장 확실한 전달수단이라는 것이 책의 진가다. 진심으로 조언하고 현명하게 제안하고 대책 없이 웃게 만들며 종국엔 철학하게 하는 그 많은 책은 작게는 마음을 위로하고 크게는 현실이라는 시궁창을 탈출할 원동력을 제공한다. 그런 귀한 책을 만들면서 나는 왜 그토록 깊은 허무에 빠졌던 걸까. 하루이틀 쉬는 날이 길어지면서, 나는 책이라는 의미구조로부터 멀어지는 것이 두려웠다. '이제 넌 우리가 만든 걸 읽으면 돼. 더는 네가 필요 없으니까.' 내가 처한 상황이 내게 그렇게 말하는 듯했다. 책을 만들 수 없다는 사실이, 슬펐다.

장강명 작가는 그의 책 『책 한번 써봅시다』(한겨레출판)에서 "인간에게는 '지금 내가 의미 있는 것을 만들어내고 있다'는 감각이 필요하다"라고 했다. 존 스튜어트 밀 선생님도 그의 책 『자유론』(서병훈 옮김, 책세상)에서 "누구든지 웬만한 정도의 상식과 경험만 있다면, 자신의 삶을 자기 방식대로 살아가는 것이 가장 바람직하다. 그 방식 자체가 최선이기 때문이 아니다. 그보다는 자기 방식대로his own mode 사는 길이기 때문에 바람직하다는 것이다"라고 썼다. 책을 만들지 못해서 내게 아무 의미도 없다고 느끼고 있다면, 나는 최선으로 사는 것이 아니었다. '내 방식대로' 살아가려면 적어도 책을 만드는 무언가를 하고 있어야 했다.

창업을 하고 보니, 매출은 중요하다. 무엇보다 중요하다. 그리고 작은 출판사가 큰 출판사에 비해 매출을 창출하는 데 취약한 것도 사실이다. 그러나 큰 출판사에서는 도저히 못하는 일들을 작은 출판사는 해낼 수 있다. 내가 만드는 책의 목록을 오롯이 내가 결정할 수 있고, 작은 출판사에 원고를 맡긴 신의 있는 저자들과 깊이 있게 소통할 수 있으며, 내가 지향하는 바와 책이 실현할 수 있는 최상의 의미를 얼마든지 구현해낼 수 있다. 다시 말해 남들이 내라는 책 말고 내가 내고 싶은 책을, 나를 신뢰하는 저자들과, 내가 옳다고 믿는 방식으로 만들어낼 수 있다. 대형출판사처럼 큰 매출을 내야 하는 것이 아니므로 기획과 편집을 게을리하지 않으면 얼마든지 안정적인 월급도 만들어낼 수 있다. 그리고 다들 알고 있지 않나. 그러다 독자를 제대로 설득하는 책 한 권이 터지면, 그야말로 출판인생이 역전된다. 아마 많은 수가 이 출판인생 역전을 위해 작은 출판사를 시작한다. 그리고 대부분 '그지'가 된다.

이 풍전등화의 세계에서 단 하나 기댈 수 있는 지표는, 독자는 현명하다는 것이다. 책을 만들어보면 안다. 시의적절하고, 알차고, 유용하고, 감동적인 책은 팔린다. 엄청나게 팔리지는 않지만 안 팔릴 수도 없다. 그리고 이런 책은 이미 기획 단계에서 갈린다. 후술하겠지만, 작은 출판사의 유일한 무기는 기획력이다. 기획 감각을 가진 분들은 독자들에게 돈쭐이 날 것이고, 아니라면 미안하지만 '그지'가 될 것이다. 그래서 이 책은 기획이라는 무기를 중심으로 작은 출판사의 성장 동력을 살펴본다. 적은 분량의 에세이이기 때문에 검색하면 찾을 수 있는 단순한 실무 전달보다는, 나의 경험을 바탕으로 깨달은 내용을 기술하려 애썼다. 선후배 출판인들이 저술한 책과 인터뷰도 다수 참고했다. 상대적으로 취약한 영업·관리 부분에 관해서는 오랜 기간 내가 속한 회사의 부서장으로 계셨던 스몰빅미디어의 이부연 대표님과 인터뷰를 진행해 보강했다. 그리고 멀리깊이의 1년 성과도 가감 없이 표로 싣는다. 보시고 과연 뛰어들 만한 시장인지를, 직접 판단하셨으면 좋겠다. 그럼에도 과감하게 뛰어들겠다 마음먹는 용자들께는 기꺼이 지지와 연대의 따봉을 드리고 싶다.

차례

,

1장

차리고 나서야
해보는 질문들
:
아프니까
출판인가

# 왜 굳이
# 출판사를 차렸나?

지난 1년, 작은 출판사를 꾸려온 이야기를 쓰려니, 여러 생각이 들었다. 책을 만드는 일이 너무 좋아서 출판사를 차리기는 했으나, 출판사 창업을 목표로 삼은 분들에게 내가 해줄 수 있는 이야기가 무엇일까, 그게 도움이 되려면 어떤 방식의 차례를 구성해야 하나, 정말 도움이 될 수 있는 지식을 내가 보유하고 있기는 한 것인가, 여러모로 고민이 되었다. 말하자면 이 글은, 창업 후 1년 동안 나는 무엇을 했고 그 과정과 방법은 옳았나에 대한 성찰이다. 내가 한 일에 대한 성찰 말고 어떤 비전과 방법론을 제시하기에는, 부끄럽지만 나는 너무 쪼렙이다.

쪼렙 주제에 글을 쓰겠다고 마음먹은 것은 첫번째, 기회가 왔을 때 나도 한번 저자가 되어보고픈 아주 단순하고 유치한 욕망 때문이다. 문학을 전공했고, 오랜 기간 소설가가 되는 것이 꿈이었으나 자기계발과 경제경영서를 만드는 편집자로 너무 오래 일하고 보니, 소설쓰기에 대한 어떤 기능도 상실해버리고 말았다. 그저 다른 좋은 책을 기획하고 소개하고 설명하고 이해시키는 글 말고는 쓰지도 않고 쓸 수도 없게 되었다. 비록 꿈에서는 이탈해버렸지만('탈락해버렸지만'이라고 쓰려다가 적합하지 않은 것 같아 수정한다), 내가 책을 만들려는 이유에 관해서 설명하고 이해시키는 일은 잘할 수 있을 것 같았다. 이런 방향으로라도 꿈을 이룰 수 있게 되어, 찾아온 기회가 반가웠다.

두번째는 나조차도 내가 왜 책을 만들려는 것인지 정리할 필요가 있다고 느꼈기 때문이다. 책을 좋아하는 많은 사람이 자신이 왜 책을 좋아하는지 설명하지 못한다. 대개 아주 어린 시절부터 책이라는 매체를 통해 삶의 희로애락을 폭넓게 경험한 사람들이고, 책을 통해 자신이 되고자 하는 누군가가 된 사람들이기 때문에, 그들에게 책은 삶의 전제조건이지 다른 부수적인 요소가 아니다. 나에게도 그렇다. 어릴 때부터 책이 삶의 즐거움이었다. 그러나 단순히 읽는 것과 만드는 것은 별개의 문제다. 특히나 읽는 즐거움을 소비하던 상당수가 보는 즐거움을 선택하고 있고, 한 권 잘 짜인 텍스트보다는 필요한 정보가 잘 요약된 구독을 편리하게 여기는 세태에, 한 권 책을 왜 만들고 싶어하는지에 대한 대답이 내 안에 있어야 했다. 그게 아니고는 버틸 수가 없는 것이, 오늘의 출판환경이다.

세번째, 말릴 수 있다면 말리고 싶기 때문이고 그럼에도 불구하고 하겠다는 분들이 계신다면 얼마든지 응원하고 싶기 때문이다. 2016년 무렵, 우연한 기회에 이제 막 출판사 등록을 했다는 분과 식사를 하게 되었다. 이전에는 사업을 하셨고, 출판에 대한 오랜 꿈이 있어 창업을 마음먹었다고 했다. 왜 다른 많은 것 말고 출판을 하고 싶으신지 여쭸더니 돌아온 대답이 너무 충격적이었다. '인문학의 위기' 때문이라는 것이다. '지대넓얕'을 필두로 한 인문교양서가 종합 순위를 휩쓸던 시절이었다. 너무 가벼운 인문서가 문제라고 생각하시는 건가? 그게 문제라면, 인문학의 위기를 어떻게 책으로 극복할 수 있지? 입문 수준의 교양서가 이만큼의 독자를 만나는 일도 얼마나 오랜 암흑기를 버텨낸 후에 가능해진 것인데, 그나마도 책 자체의 부흥이라기보다는 팟캐스트를 필두로 한 듣기 콘텐츠의 중흥이 책 소비로 이어진 결과인데? 이 와중에 어떻게 죽어버린 인문학을 살리겠다는 말인가? '인문학의 위기를 극복하겠다'라는 테제 자체가 너무 낡은 것이어서, 거기에 자기 인생을 걸겠다는 말이 너무 허황하게 느껴졌다. 사실, '책을 읽는 분인가?' 아니 그보다도 '서점에 가서 요즘 무슨 책이 나오는지 구경이라도 해보신 건가?' 의구심이 들었다. 최근에 어떤 책을 읽으셨냐는 질문이 목구멍까지 차올랐지만, 내 의도가 얼마나 공격적이고 불순한지 자각하는 상태에서 차마 묻지를 못했다.

책이 사회를 바꿀 수 있는 것은 맞다. 책이 하나하나의 인간 내부에 거스를 수 없는 욕망을 일으키면, 그 욕망의 공명이 사회를 바꾼다. 레이첼 카슨의 『침묵의 봄Silent Spring』이 나온 직후, 화학만이 세상을 구할 것처럼 들떠 있던 미국 사회가 자신들을 풍요의 나라로 이끌 줄로만 알았던 DDT의 실체를 알고 각성했던 것처럼 말이다. 땅과 바다를 지켜야 한다는 욕망을 개개인의 가슴속에 지폈던 그 책이 없었다면, 지구는 훨씬 더 격렬하고 거대한 고통에 시달렸을지 모른다. 그 책이 출간된 해가 1962년이다. 유튜브는 고사하고 TV 채널도 몇 개 안 되던 시절이다. 그때의 책 한 권이 가졌던 파급력이 2021년 대한민국에서 구현되기를 바라는 것은, 말도 안 되는 일이다. 책으로 인문학의 위기는 극복할 수 없다. 내가 뭘 알겠느냐마는, 극복할 필요가 없어진 세상인지도 모른다. 원형은 원형 자체의 의미가 있다. 누구나가 자기 채널을 가지고 얼마든지 이야기할 수 있는 시대의 인문학은 또다른 형태여야 하는 것이 맞다. 그렇다면 우리는 책으로 무엇을 이룩할 수 있는가? 독자 하나하나가 늦은 밤 책을 읽어야 한다면, 카페에서 한 장 두 장 넘기고 싶은 어떤 이야기가 있어야 한다면, 출퇴근길 불편하게 양쪽으로 갈라서 한 장씩 넘겨야 함에도 빠져들 수 있으려면 그것은 어떤 텍스트가 되어야 할까?

독자들은 서점의 베스트셀러 순위로 자신들의 욕구를 정확하게 말하고 있다. '돈을 잔뜩 벌고 싶다!', '우리 애가 공부 잘해서 좋은 대학 가게 하고 싶다!', '공무원 시험에 합격하고 싶다!', '복잡한 인간관계 신경 좀 안 쓰고 마음 편하게 살고 싶다!', '어떻게 하면 존엄하게 죽을 수 있는 건지 궁금하다!', '나이 먹어서 가난하고 외롭게 살고 싶지 않다!' 적어도 내가 출판업계에 있는 지난 15년간은 함량의 차이만 있었을 뿐 대개 이런 동력이 출판시장을 움직여왔다. 이렇게만 보자면, 다들 불안하고 고통스러워서 책을 읽는다. 순수한 앎에 대한 욕구를 거세당한 시대에 살고 있으면서, 내 점잖은 책을 읽어주지 않는 독자를 향해 '위기' 운운하는 일이 정당한 것인가. 아니라고 생각한다.

그럼 그런 책만 내면 되겠네. 아니. 바로 이 지점부터가 출발이라고 생각한다. 그 모든 상실감을 어떻게 위로할 수 있을까. 그렇게 내달리는 것 말고 다른 방법도 있다고 알려줄 수는 없을까. 돈 말고 다른 가치, 대학 말고 다른 방법, 공무원이 아닌 다른 꿈, 인간이 스트레스가 아닌 위로가 될 수 있는 다른 차원의 문제 제기, 외로움이라는 허기를 달랠 다른 인생의 가치를 제시해줄 수는 없는 걸까? 나는 이 욕망에 대한 대안이 책의 역할이라고 생각한다. 독자 하나하나의 가슴에 이 길 말고 다른 길도 있으리라는 소박한 제안. 그 제안에 수긍하는 독자 1만. 그 1만이 책이 할 수 있는 최대한의 역할이다. 그것보다 잘된다면 진짜 땡큐인 거고, 안 된다고 해서 실망할 것도 없다. 다만 계속 그 제안과 대안에 골몰하는 과정이 출판의 시작과 모든 것이 되어야 한다고 믿는다. 그게 내가 출판사를 차린 이유다.

# 그냥 기존 출판사에서 일하면 되는 게 아닌가?

불행인지 다행인지, 2007년 11월 입사한 이래 근무한 두 곳의 출판사가 모두 매출 1~2위를 다투는 대형출판사였다. 어학 분야 편집자로 입사해 2년 7개월을 근무하고, 이직한 뒤에는 자기계발과 경제경영서를 10년 동안 만들었다. 드물게 인문 분야와 과학 분야 도서도 기획하고 편집했다. 어학 분야에서 일할 때는 제대로 된 어학 실력도 없으면서 '내가 초급자이니 초급자를 위한 책을 더 잘 만들 수 있다'라는 말도 안 되는 소리를 뻔뻔하게 지껄이며 다녔다. 실제로 초급자여서 할 수 있었던 기획들이 먹혀 베스트셀러가 되기도 했고, 이런 책은 어떻게 만든 거냐고 다른 출판사의 베테랑 편집자께 문의전화를 받는 호사를 누리기도 했다. 지금에 와서는 당시 어학 시장이 호황이었기 때문이라는 아주 단순한 결론밖에는 내릴 수가 없다. 토익시험 점수가 모든 취업과 입학의 응시 조건이었고, 유치원생부터 노인까지 모두가 책으로 영어를 공부하던 시절이었다.

이직해서 자기계발서와 경제경영서를 만들던 시기에도 마찬가지였다. 유사 이래 최대 위기라는 소리를 매년 시무식과 종무식에서 들었지만, 그럼에도 불구하고 매출은 치솟았고, 재쇄를 못 찍는 책이 없다시피 했다. 최근까지도 내가 기획과 편집을 잘했기 때문이라고 생각했는데, 목 좋은 자리에서 살 사람이 줄 서 있을 때 가게 사장님이 나를 종업원으로 뽑았던 결과 그 이상도 이하도 아니었다.

퇴사할 때, 다들 안 된다고 말렸다. 네가 필요하다고 가지 말라고도 얘기해줬다. 이유는 다른 데 있었지만 나가기로 마음먹고 난 다음에는 내 나름대로 총대 멘 사람처럼 마구 이곳저곳 들쑤시고 다녔는데, 주된 골자는 이 회사는 열 권을 1만 부씩 파는 데에는 아무 관심이 없고 한 권을 10만 부 파는 데 올인하고 있지 않으냐 하는 것이었다. 정성껏 만든 아홉 권이 창고에 처박혀 있다가 시간 되면 재생용지가 되어도 아무도 신경조차 쓰지 않는다며 마치 민주화운동의 선봉에 선 것처럼 핏대를 세웠다. 뒤에서 구시렁댄 것도 아니고, 간담회에서 임원들을 앞에 두고 당당하게 말했다. 순진한 짓이었다. 혼자 하는 구멍가게지만 사장 감투를 쓰고 보니, 한 권을 10만 부 파는 방향이 결론적으로 그 많은 직원 월급 주는 데 가장 안정적이다.

그러나 그것은 정말로 옳은가? 당연히 아니다. 그러나 어쩔 수 없다. 많은 직원의 월급을 주고 회식도 시키고 커피도 사 먹이고 임대료도 내고 각종 세금을 내려면, 그러고도 남은 돈으로 판권도 사오고 인센티브도 주고 하려면, 목표를 세워 매출을 내고 그 매출이 일정한 수준으로 유지되도록 관리도 해야 한다. 지난달 돈이 없어서 못 준 월급을 다음달에 두 번 줄 형편이 될 리도 없지 않은가. 매달 매출을 관리한다는 것은 다시 말해 매달 일정한 종수를 꾸준히 서점에 밀어내야 한다는 말에 불과하다. 전제조건은 잘 팔릴 좋은 원고가 꾸준히 입수되는 건데, 그럴 수는 없다. 죽지 않고 영원히 사는 것만큼이나 불가능한 일이다. 그러니 종수를 맞추려고 급하게 만드는 책들이 생긴다. 편집회의를 시작하는 순간부터 제작 완료가 되어 마케팅회의를 하는 순간까지 이 책이 잘 팔리리라는 기대는 저자밖에 품지 않는다. 그다음으로 담당 편집자가 제발 잘 팔려야 할 텐데 애를 졸이고, 담당 마케터가 어느 정도의 포부를 갖느냐는 그야말로 회사가 결정한다. "책은 좀 팔리나요?" 아침마다 저자의 불안한 목소리를 들은 편집자가 죄책감에 사로잡혀 카드뉴스라도 만들라치면, 그게 채널에 걸릴 수 있을지조차 불분명하다. 1년이면 250종이 나오는 회사에서, 편집자가 만든 엉성한 카드뉴스를 하루에도 몇 번씩 채널에 올려 독자들을 피곤하게 만들 수는 없는 노릇 아닌가. 어떤 책들은 그렇게, 애써 만든 표지를 독자 눈에 선보이지도 못하고 창고에 쌓이게 된다. 제작처에서 출판사 창고로, 운이 좋으면 출판사 창고에서 서점 창고로 갔다가, 거기 쌓여 있는 비용조차 죄스러워지는 순간이 되면 다시 출판사 창고로 옮겨졌다가, 표지 뜯고 아무렇게나 뭉쳐 0.1톤 단위로 재생용지 시장에 팔려나간다. 아, 정말 듣기조차 괴로운 일이다. 그런 책들은 그야말로, POS기 상에만 존재한다. POS기가 출현해 매출을 관리하기 시작한 시점부터 내지 않아도 될 책을 마구 찍어내기 시작했다는 글을 읽은 적이 있다. 정말로 그렇다고 생각한다. 창고에서 창고로 옮기려고 책을 만든다는 것은 얼마나 비효율적인 일인가. 출판사 효율을 위해 지구의 비효율을 감행하는 것이다.

　그렇다면 나는 이 부도덕한 시스템에 반기를 들고 창업을 하라고 권하는 것인가. 아니다. 처음엔 나도 내가 반기를 들고 나왔다고 생각했다. 그리고 창업을 하면 적은 종수를 의미 있게 만들어서 쓸데없이 죽는 나무가 없도록 하겠다고 마음먹었다. 결론적으로 말하면 이것도 불가능하다. 인문학의 위기를 말하는 것만큼이나 나무의 죽음을 염려하는 것도 부질없다. 흥청망청 내자는 말이 아니다. POD 출판 등의 대안도 아직 현실적인 대체재는 아니라고 생각한다. 요는, 적은 종수의 책을 알맞게 팔겠다는 목표 자체가 불가능하다는 말이다. 적확한 기획, 유려한 원고, 맞춤한 편집, 정확한 홍보 타깃, 서점의 확고한 의지, 독자의 욕망, 이어지는 입소문. 이 모든 과정에 연쇄해서 성공해야 열 권 중 한 권 불티나게 팔리는 책이 된다. 하나만 어그러져도, 독자는 내 책을 만질 수 없다. 그러니 적은 책을 많이 팔리게 내겠다는 한 명 편집자의 다짐은 얼마나 무용한가?

　따라서 출판의 의미를 확률에 맡겨서는 안 된다. 잘 될지도 모른다는 기대로 책을 만들었다가는 열 번에 아홉 번은 실패하게 되고 그 한 권조차도 내가 지향하는 책이 아니라면 '왜 독자는 늘 이런 책만 읽는가?' 허망함에 빠질 수밖에 없다. 판매에 대한 압박감을 거두고, 한 권 터트려서 졸지에 건물 하나 올려보겠다는 말 같지 않은 욕망을 제외한다면, 우리는 무엇을 위해 출판을 할 것인가? 모든 허황한 가능성을 걷어내고, 단 하나 확고한 의미 가치를 둔다면 그것은 무엇이 될 것인가? 바로 책을 만드는 과정의 즐거움이다. 책을 만드는 일이 즐겁다면, 모든 책이 의미 있을 수 있다. 개중 열 번에 한 번꼴로 잘되는 책이 나온다. 그 책을 판 돈으로 다른 아홉 권을 만드는 즐거움을 누린다. 이게 허무함에 빠질 위험 없이 만들고 파는 일을 지속할 수 있는 유일한 방법이다. 그러기 위해서는 내가 확실하게 가치 있다고 믿는 책을 내야 한다. 대형출판사에서 이걸 하기란 불가능하다. 그러려고, 내 출판사가 필요한 것이다. 그렇다면, 이 시점에서 당신의 머릿속에는 의문이 하나 떠오른다. 혼자 출판사를 차려서, 먹고살 수가 있나? 글쎄, 그럴 수 있을까?

> **"**
> ## 출판사 해서
> ## 먹고살 수 있는 것인가?
> **"**

대한민국에는 현재 6만 8,443개*의 출판사가 있다. 2015년에는 5만 178개였다가 2016년에 5만 3,574개로 늘었고, 2017년에는 5만 7,153개로 늘었다. 매년 3,000개씩의 출판사가 꾸준히 늘어난 것이다. 이 5만 개 출판사 중에서 한 권이라도 책을 발행한 출판사는 2015년에는 6,414개, 2016년에는 7,209개, 2017년에는 7,775개로 늘었다.** 출판사 개수만 보자면, 출판 산업은 벤처가 넘쳐나는 초호황인 것으로 보인다. 그러나 2019년 책 한 권당 1,603권이던 평균 발행 부수는 2020년 1,241권으로 20% 이상 급감했고***, 1쇄 출

---

* 대한출판문화협회, 〈2019 한국출판연감〉. 2018년 기준 수치.
** 문화체육관광부 2017년 12월 기준 신고현황.
*** 대한출판문화협회, 2020년 출판통계.

고 부수는 2015년 평균 1,080권이던 것이 2018년에는 774권으로 줄었다. 1쇄가 소비되는 기간은 더 길어져 2015년에는 14개월 걸리던 것이 2018년에는 17개월로 늘었다. 같은 기간 2인 이내 작은 출판사의 1쇄 판매 완료 도달 기간은 14개월에서 18개월로 늘어, 업계 평균보다도 길어졌다(100인 이상 규모의 출판사가 2015년에는 6개월 만에, 2018년에는 10개월 만에 초판 부수를 모두 판매한 것과도 대조된다).*

수치만 보면, 출판시장은 지금 그야말로 아수라장이다. 아수라阿修羅는 산스크리트 'asur'의 음역音譯으로, '추악하다'라는 뜻이란다. 증오심이 가득하고 싸우기를 좋아하던 아수라는 애초 고대 인도 신화에 선신善神으로 등장했으나 하늘과 싸우면서 악신惡神으로 화했다고 한다. 서사시 「마하바라타」에는 비슈누신과 아수라들의 전투가 그려지는데, 시체가 산처럼 높이 쌓여 있는 모습이 후에 참혹한 전쟁터를 가리키는 말의 유래가 되었다고. 위의 수치에 전국 서점 현황까지를 더하면 그야말로 눈을 뜨고 볼 수 없는 지경이 된다. 5,200만이 사는 대한

---

* 한국출판문화산업진흥원, 〈2019 출판산업 실태조사〉

민국에 서점 수는 2,000개가 되지 않는다. 이 원고를 쓰기 시작하면서, 작은 출판사와 동네서점과 관련된 여러 책과 기사를 찾아봤는데, 어느 곳 하나 울분과 증오가 쌓이지 않은 곳이 없었다. 작은 출판사들은 정가 대비 공급률이 너무 낮아 괴로워했고, 작은 서점들은 대형서점 대비 높은 공급률로 책을 받는 것에 괴로워했다. 5% 공급률이 사장 월급을 좌우하는 지경으로, 월급 없이 임대료만 내며 그야말로 사명감으로 사업체를 운영해나가는 곳도 부지기수였다.

결론부터 말하자면, 사는 사람은 없는데 파는 사람이 많은 것이 가장 큰 문제다. 책 읽는 수는 줄어드는데, 전적을 알 수 없는 수많은 출판인이 나타나 우후죽순 1인 출판사를 차리고 있다. 그 많은 출판사들의 신간을 제대로 팔아낼 매대가 부족하니, 책을 만들어도 팔 데가 없어 출고 부수는 날로 줄어든다. 내가 딱 이 처지다. 지난해 출판업계 매출 순위를 찾아봤더니, 내가 그렇게 니들은 너무하다고 욕하고 나온 출판사가 부동의 1위를 차지하고 있더라. 그냥 다닐걸 그랬나. 잠시 후회가 일기도 했다(ㅋㅋㅋㅋㅋㅋㅋㅋ).

그러나 이 모든 거대지표가 실제 시장에서 보이는

양상은 사뭇 다르다. 실제 대형서점의 종합 순위를 살펴보면, 듣도 보도 못한 출판사 이름을 단 도서들이 심심치 않게 종합 순위에 올라온다. 여긴 어딘가 싶어 출판사 페이지로 넘어가보면, 출간한 책이 5종 이하인 그야말로 신생 출판사들이 부지기수다. 회사는 작아도, 시장에서는 팔리는 책을 내놓는 곳들이 많아지고 있는 것이다.

구체적인 출판사명이 노출될 수 있어 책의 제목을 밝히지는 않겠지만, 2016년 50여 개 작은 출판사가 모여 근간 목록을 소책자로 유통한 적이 있다. 이 글을 준비하며 그 책자가 생각나 당시 소개된 출판사 근황을 체크해보기로 했다. 가장 유의미한 지수는 지난 1년간 출판한 도서가 몇 종인지가 될 것 같아 엑셀 파일로 정리해보았는데, 절반은 망했을 것이라는 나의 예상을 깨고 출간 종수가 없는 곳은 단 여섯 곳밖에 없었다. 모두 적게는 한권, 많게는 30종 넘게 신간을 쏟아내며 왕성하게 활동하고 있었다. 중견 출판사로 성장한 곳도 있었고, 출판시장의 큰 유행을 주도해가는 곳도 있었다. 시장이 이렇게 어려운데 다들 뭘 팔아서 버틴 것일까? 몇 개 출판사가 연대해 한 개 믿을 만한 브랜드를 만들어 꾸준히 시리즈를 출간하고 있기도 했고, 대형출판사의 베테랑 편집자나 마케터가 독립한 케이스들은 유명 저자의 글을 섭외해 큰 회사 못지않은 영향력의 책을 출간하고도 있었다. 열악하다는 환경 자체는 변함이 없지만, 작아진 시장 내에서 작은 출판사들이 생존하는 경우의 수도 분명히 존재했다. 일확천금을 노리는 것이 아니라면, 월급 걱정을 하지 않으면서(월급이 얼마인지는 논외로 두고) 작은 출판사를 운영하는 길도 분명히 존재한다. 월급을 받으면서 출판사를 차리는 방법에는 어떤 것이 있는지를 한번 살펴보자.

""

# 법인으로 시작하면
# 뭐가 다른가?

""

지금의 원고를 쓰기 시작할 때 고민했던 것 중 한 가지가 법인으로 출발한 내 이야기가 출판을 시작하는 다른 분들의 상황과 너무 괴리된 것이 아닌가 하는 점이었다. 다른 많은 창업기의 출발이 대개 책 한 권 제작비와 마케팅비로 한정되는 것과 달리, 나의 경우는 자본금 총액이 1억이었다. 수중에 1억이 있었을 리는 만무하고, 많은 분이 자본금으로 삼는 퇴직금의 경우에도 1/3은 낡은 건물을 구매해 이사 들어가는 친정 부모님의 창틀 교체 비용으로 쓴 직후였다.

시작은 텀블벅이었다. 책은 만들어야겠고, 코로나가 닥친 상황에 애들 내팽개치고 어디든 입사해 9 to 6 출퇴근을 할 수는 없는 노릇이었다. 텀블벅 정도라면 혼자서 자분자분 해볼 수 있을 것 같았다. 마침 시작하는 책으로 딱 좋은 콘텐츠가 있어 가까운 디자이너에게 연락했다. 혹시 내가 텀블벅으로 도서 제작에 들어가게 되면, 관련 디자인 작업을 좀 해줄 수 있을는지 물었다. 작업이 가능하다면 디자인비는 얼마인지도 함께 문의했다. 대답이 왔는데, 그게 내 마음을 설레게 했다. "뭘 받아요"라는 것이었다. 그게 얼마가 됐든 당연히 드릴 생각이었지만, '내가 뭘 하자고 하면 선뜻 돕는 사람이 있구나' 싶은 생각에 때 이른 성취감이 차올랐다.

텀블벅을 한다면 어떤 식으로 진행하면 좋을까를 이렇게 저렇게 고민하다가, 제작비를 구해서 책 몇천 부를 찍는다고 한들, 그게 무슨 의미일지가 다시 고민이 되었다. 얼마 되지도 않을 수익금을 얻는 게 내 목표는 아니지 않은가. 기왕 뭔가를 시작해야 한다면, 장기적으로 책을 만들 수 있는 구조를 만들고 싶었다. 나는 가만히 내 핸드폰의 전화번호부를 훑기 시작했다.

ㄱ에서 시작해 ㅍ으로 넘어가는 동안, 뭐 이렇게 아는 사람이 없나 초조해졌다. 업계에서 14년을 일하면서도, 재직했던 두 곳 직장 말고는 연줄이란 게 없었다. 진짜 회사에서 시키는 일 열심히 하고 애 키운 게 전부였구나 싶은 초라함이 밀려왔다. 그러다가 마지막 ㅎ 항목

에 다다르자, 첫 회사에서 형님 동생 하며 지낸 휴먼큐브 황상욱 대표님의 이름이 등장했다. 임프린트로 출발해 500만 부 시리즈 론칭에 성공한, 그야말로 '독립' 출판의 선배였다. 각자 이직한 후 10년 동안 딱 두 번 연락한 게 전부일 정도로 소원한 사이였지만, SNS를 통해 서로가 어떤 책을 내고 있는지는 꾸준히 체크하던 터라 선뜻 시간 좀 내주십사 연락했다. 흔쾌히 그러마고 답장이 왔다.

무슨 보따리상처럼, 나는 내가 브랜드를 만들게 된다면 어떤 책을 내고 싶은지, 기왕에 텀블벅으로 준비했던 아이템을 싸 들고 약속장소에 나갔다. 지금 생각해보면 미쳤던 것 같은데, 자연스럽게 책 얘기가 나오자 나는 가방에 들어 있던 책을 꺼내 보여드리면서, 내가 이런 아이템을 만들고 싶은데 도와주실 수 있는지를 물었다. 귀사에 들어가서 임프린트 형식으로 일해도 좋고, 아니라면 그냥 직원으로 있어도 좋으니 브랜드를 하나 만들고 싶다고 말이다. 뭐 이런 놈이 다 있나 생각하실 법한데도, 돌아온 대답이 놀라웠다. "아예 법인으로 시작해보는 게 어때요?"

사실, 책 만드는 것 말고 아무것도 모르는 멍청이였

던 나는 법인을 시작한다는 게 어떤 의미인지를 알 수 없어서 어리둥절한 표정으로 황상욱 대표님의 얼굴을 멍하니 쳐다보았다. 그러자 더 오래 생각할 필요도 없게, 각각의 장단점이 무엇인지 한번 정리해서 메일로 보내줄 테니 고민해보라셨다. 대표님 역시 크게 일궈놓은 시리즈 이후를 염려하던 차에 나의 연락을 받았고, 브랜드를 하나 만들고 싶다는 나의 고백에 내면에서부터 승부사 기질을 자극하는 어떤 도전심이 끓어오른 모양이었다. 그렇게 취업 후 팀장급으로 일하며 브랜드를 만드는 안, 임프린트를 시작하는 안, 법인을 차리는 안으로 선택지가 결정되었다.

첫번째 팀장급으로 취직하는 안에 대해서는 굳이 설명이 필요 없을 듯하다. 두번째 임프린트 설립에 대해서는 생소하신 분도 있을 듯한데, 말하자면 기획이나 편집 능력을 갖춘 편집자나 마케터가 대형출판사의 디자인·제작·유통·마케팅·관리 시스템을 빌려 쓰면서 일정 기간 안에 일정 매출(순익)을 달성하리라는 합의를 한 후 대표라는 직함으로 연봉을 받으며 책을 만드는 시스템이다. 책을 만들고 나면 대형출판사의 디자인·제작·유통·마케팅·관리 인프라를 활용하여 도서를 유통하고 달성한 이익을 약속한 비율로 배당받는다. 작은 출판사에 적용되는 핸디캡 없이 대형출판사와 같은 수준의 공급률과 수금 안정성을 확보할 수 있고, 혼자 책을 만들면서도 일정 수준 이상의 마케팅 지원을 받을 수 있으며, 제작 퀄리티와 유통상의 투명함을 보장받을 수 있다. 그러나 당연하겠지만 인프라 이용에 대한 비용을 지급해야 하고, 사업자등록증을 낼 수도 없다. 그야말로 초대박이 터지는 것이 아니고서야 독립 가능성이 요원하다는 것이 임프린트의 큰 단점이다. 아주 일부이겠지만, 원하는 만큼의 지원을 받지 못하는 문제로 애를 먹는 곳도 있다고 들었다. 비용을 지급하고 대형출판사의 서비스를 이용하는 임프린트 입장에서는 당연히 일정 수준의 마케팅 지원을 받길 기대하는데, 서비스를 제공하는 출판사의 인력에도 한계가 있다는 것이 문제다. 서비스를 받는 처지에서는 엄연히 비용을 내고 이용하는데 고작 이것밖에 못 해주느냐는 볼멘소리가 나올 수밖에 없고, 제공하는 처지에서도 안 팔리는 걸 어쩌느냐, 이것보다 어떻게 더 해주느냐는 심정일 수 있다. 애초에 쌍방이 신뢰할 수 있는 관계에서 출발하지 않으면 구조적인 갈등이 적지 않은 듯하다.

내가 선택한 안이 세번째 법인 설립이었다. 임프린트와 달리, 나는 3:7의 비율로 나의 자본을 출자했다. 3,000만 원을 투자금으로 댔다는 말이다. 따라서 수익이 발생하면 이를 3:7로 배당하고, 배당금이 일정 수준에 도달하면 이 비율을 조정해나가, 종국에는 100% 내 회사로 만드는 방식이다. 많은 회사가 51%의 지분을 기점으로 매우 복잡한 배당제도를 시행하는 것으로 알고 있는데, 나의 경우 지분율 변경과 목표 배당금 허들이 타 출판사보다 낮은 편이었다. 계약서에 도장을 찍기까지 여러 차례 계약서 항목에 대한 피드백을 주고받았는데, 이렇게 세부내용을 조율하는 와중에 진심으로, 내가 브랜드를 제대로 만들어서 어엿한 출판사를 만들게끔 도와주고 싶어한다는 인상을 강하게 받았다. 내가 돈을 못 벌면, 함께 출자한 회사도 돈을 못 버는 구조라는 것을 확인할 때마다, 남편과 "오……!" 하고 감탄했다.

내가 잘하기만 하면 되는 구조가 있다는 것 자체가, 엄청난 용기를 불어넣어주었다.

"

## 멀리깊이는 연간 얼마를
## 지출하는 회사인가?

"

출판사를 세운다면 이름을 뭐로 지을까? 아마 많은 예비 사장님들이 고민하는 지점일 것이다. 나의 경우, 처음 생각한 사명은 '두근두근'이었다.

초기 텀블벅 아이템으로 생각했던 책이 첫 회사에서 큰 반향을 일으켰던 '책장을 넘길 때마다 문장이 길어지는 영어 어순 학습서'였다. 이미 절판된 도서였기에 저자께 연락을 드려 허락을 구하면 바로 시리즈를 론칭할 수 있었다. 나부터가 꾸준히 영어를 공부하는 어학 학습자이고, 아무리 단행본 어학 시장이 침체하였다고는 해도 여전히 영어에 들이는 시간과 비용이 많은 한국사회에서 이만한 아이디어의 상품이라면 반응이 나쁘지 않을 것 같았다. 그래서 어학과 인문서·에세이를 출간하는 회사의 사명으로, 성장에 대한 설렘과 호기심을 드러내는 단어가 적합하지 않을까 생각했다.

그러나 창업을 하게 되었다고 여러 저자께 연락을 드리는 와중에 흔쾌히 원고를 주마고 약속하신 분들 원고의 결이, 차마 '두근두근'이라는 상호에서 나오게 하기에는 너무 죄송한 것이었다. 진지한 성찰과 전문가의 높은 식견이 구현될 원고에 '두근두근'이라는 가벼운 상호를 붙이기가 차마 내키지 않았다. 그래서 다시 한번 고민했다. 내가 출판사로 구현하려는 가치를 잘 보여주는 표현이 어디 없을까?

퇴사한 두 회사의 상호는 모두 영어표현을 우리말 발음으로 옮긴 것이었는데, 만들 당시에는 세련된 브랜드명이었을지는 몰라도 의미구조가 너무 투박했다. 상호를 영문으로 가려면 사람들에게 익숙한 영어단어 중에서 내가 구현하려는 가치를 잘 보여주는 단어를 선택해야 했는데, 그러자니 적당한 사명에 브랜드 이념을 끼워맞추는 조금 이상한 짓을 해야 할 것 같았다. 그래서 생각한 것이 '멀리깊이'였다. 우리 출판사가 저자와 독자와 함께 구현하려는 가치를 가장 잘 보여주는 두 단어. 깊이 소통하며 멀리 함께 갈 수 있는 동반자 관계를 잘 표현하는 브랜드명이었다.

우리의 진정성을 이만큼 잘 드러내는 사명은 없을 것이라 생각하고는 있지만, 에이전시를 통해 외서 판권을 계약할 때는 영문일 때도 의미가 분명한 상호를 만들었어야 했던 것은 아닌가 살짝 후회되기도 했다. '멀리'와 '깊이'를 영어단어로 전환하자니 너무 어렵고, 발음 그대로를 쓰자니 너무 이상한 영문명이 되었다. 그래서 결국 이도 저도 아닌 'Murlybooks'로 영문명을 정했는데, 최근 영어 수업을 하다가 선생님으로부터 "아마도 저 표기를 외국인들이 본다면 굉장히 신선한 신생 출판사의 느낌을 받을 것 같다"라는 말을 들어 한껏 기분이 좋았다.

이야기가 샛길로 돌았다. 법인으로 출발한 멀리깊이에서는 나에게 월급을 지급한다. 크든 작든 벌어들이는 수익이 곧 사장님 월급인 다른 많은 작은 출판사들과 가장 다른 지점이다. 지난해 6개월 동안은 이전 출판사에서 받던 월급보다 적게 받았고, 올해 연봉 협상을 통해 지난 회사에서 받던 것과 비슷한 수준으로 인상을 했다. 연봉을 인상할 수 있었던 이유는, 6개월 동안 시리즈 2종 총 여섯 권을 출간했기 때문인데, 6월 1일에 창립해서 첫 시리즈 도서 두 권이 8월 말에 나왔으니 첫 책 출간 시기가 무척 빨랐다. 각각의 시리즈에 대해서는 후에 상세히 설명하도록 하고, 이 여섯 권 출간으로 4개월 동안 벌어들인 돈이 9,000만 원가량이었다.

그러나 이 정도 성과면 인상할 만하다고 판단했기 때문에 월급을 올린 것은 아니었다. 실은 기대했던 것보다 한참 저조한 수치였고, 해를 넘기면서 새벽에 혼자 일어나 '출판사 하는 게 쉽지가 않구나' 하며 울적한 기분에 사로잡혔던 기억도 난다. 혼자 기획하고 편집을 하고는 있지만, 디자인과 마케팅, 제작, 유통, 관리에 대한 시스템비를 선배 출판사에 지급해야 했는데, 시스템비의 지급 기준이 나의 인건비였기에 첫해에는 양해를 구해 연봉을 낮추고 시스템비도 적게 내던 상황이었다. 저 정도 매출로는 겨우겨우 출판사를 유지하는 수준밖에는 되지 않았다. 실제로 올해 4월, 출판사를 차리고 11개월 만에, 내 월급을 지급할 돈이 없어 월급 지급 시기를 5월로 미뤄야 했다. 여기에는 매출 자체의 문제라기보다는 이후 이야기할 운영의 문제가 있었는데, 남편과 생애 첫 월급 빵꾸에 대해 이야기를 나누며, 그래도 직원이 없는 와중이라 얼마나 다행이냐며 가슴을 쓸어내렸다.

멀리깊이는 나의 연봉과 시스템비, 각종 세금과 임

대료 등의 고정비만 연 9,000만 원에 달하는 회사다. 대표인 내가 유일한 직원인 회사지만, 시스템비를 지급하고 마케팅과 제작·유통·관리 지원을 받기 때문에 오롯이 1인 출판사라고도 할 수 없다. 실제로 휴먼큐브의 마케팅부에 매번 기획과 편집에 대한 아이디어를 구하면서 마케팅 전반의 서비스를 받고, 관리부서에서는 일일 잔고를 공유받는 수준으로까지 세세하게 지원을 받는다. 그렇다고는 해도 멀리깊이는 멀리깊이고 휴먼큐브는 휴먼큐브다. 마지막에 마지막까지 살아남는 고민은 내 몫이고, 마케팅과 제작, 유통, 관리에 쓸 시간을 오롯이 기획과 편집에 쏟아부을 수 있는 장점이 있는 대신, 그만큼 많은 돈을 벌어들여야만 하는 부담이 있는 곳이다. 그래서 정말 죽기 살기로 기획하고 편집한다. "에이, 너는 마케팅도 남이 해주네" 소리를 들을 정도로 한가한 곳이 아니다.

# 사무실이
# 꼭 필요한가?

멀리깊이 사무실은 파주 출판단지에 있다. 혼자 일하는데 사무실을 얻는 게 맞나 싶은 생각이 잠시 들었는데, 코로나 탓에 온종일 아이들이 집에 있는 와중에 편집할수 있을까 생각해보니, 스트레스가 엄청날 것 같았다. 하루에 단 몇 시간이라도 집중하려면 사무실이 필요해 보였다. 마침 서울에 사무실을 둔 휴먼큐브 직원들도 종종파주에서 업무를 봐야 했기 때문에, 공간의 절반을 멀리깊이가 쓰고 절반은 휴먼큐브에서 사용하기로 합의를하고 사무실 계약을 했다. 애초에는 보증금 1,000만 원에 월세 45만 원 중 보증금을 휴먼큐브가 대고, 월세와관리비를 멀리깊이가 내는 것으로 임대 계약서를 작성하려 했다. 그러나 법인이라는 특성 때문에 1,000만 원보증금을 휴먼큐브가 대는 것에 법률상 문제가 있다는 피드백을 받고 월말에 지급해야 하는 시스템비를 일정 부분 조율하는 선에서 1,000만 원의 보증금도 멀리깊이에서 입금했다. 이 과정에서 회계사무소의 피드백을 받았는데, 담당 회계사가 '휴먼큐브 황상욱 대표님과 멀리깊이 박지혜 사장님이 어떤 관계인지는 모르겠으나'라는 메일 문구를 작성했기 때문에 뜨악하게 그 문장을 바라보면서 우스워했던 기억이 난다.

임대한 사무실은 15평 정도로 내부 공간이 커서 답답한 데가 없고 주차공간도 넉넉했다. 아이들 돌봄 때문에 10분 업무시간도 아까운 내 처지에서는 차 대느라 지체하지 않아도 되는 점이 정말 편리했다. 그러나 여름에 덥고 변기도 말썽이었다. 변기는 두 개의 물 내림 버튼이 태극 모양으로 맞물려 원형을 이루는 모델이었는데(아마도 용변의 '경중에 맞게' 물 사용량을 조절하기 위한 용도로 나뉘어 있는 것 같았고 좌측이 소변용, 우측이 대변용으로 보였다) 이중 대변용 버튼을 누르면 물이 끝도 없이 내려갔다. 사무실 계약을 하기 전에 직접 가서 페인트칠이며 바닥 코팅을 다시 해줄 수 있는지 세면대 물도 내려보고 하면서 체크할 것은 다 했음에도 불구하고 막상 사무실에 입성하기까지 아무도 몰랐던 사실이었다(건물주도 모르고 있었다). 사무실을 사용한 첫 주 금요일에는 그런 문제가 잠복하고 있다는 걸 모르고 변기를 사용하고 퇴근한 바람에, 주말 내내 용처 없는 물을 하릴없이 흘려버렸다. 이후 여러 차례 같은 문제를 겪고 난 후에 현재는 새 변기로 교체한 상태다.

그러나 이따위 문제는 추위에 비하면 아무것도 아니었다. 파주 출판단지의 건물들은 습지가 위치한 허허벌판 위에 대개 3~4층 높이의 업무용으로 건축되었기 때문에, 겨울이면 많은 출판인이 추위에 시달리며 고생을 한다. 안 그래도 혹독한 업계에 근무하면서 단지까지 이렇게 엄혹한 곳에 조성되었다는 것은 겉으로는 똑똑해 보이지만 체면 차리느라 사기당하는 줄도 모르는 겉똑 속멍 특성에 근원한다고 나는 생각한다. 아니라면, 세금만 감면해준다면 어디든 가서 일하겠노라는 단지 조성 당시의 성급한 선택 때문일 수도 있다. 내가 뭘 알겠는가. 하여튼 남한에서 제일 추운 곳 중 하나에 건물을 올리는 주제에 죄다 철근에 슬레이트와 통유리를 사용해 건축했으니, 지구온난화로 인한 제트기류 하강으로 전 세계가 소빙하기에 떨고 있는 와중에 이 병약한 출판인들이 버텨낼 재간이 있느냐 말이다. 여하튼 난방기를 돌려도 최고 기온이 10도를 넘지 않는 사무실에서 초겨울을 버티려니 자꾸 귓바퀴가 간지러웠다. 처음엔 이게 왜 이런가 싶어서 남편에게 귀 좀 봐달라고 부탁했는데, 남편이 농담 반으로 혹시 동상에 걸린 거 아니냐고 묻는 순간 진짜 동상일지도 모르겠다는 생각이 들었다.

한번은 마침 근처에서 미팅을 마친 저자가 계약서에 도장을 찍으러 들렀다가 난방기 코앞에서 콧물을 닦으며 대화를 끝마치고 화장실을 사용했다. 나는 조마조마한 마음으로 화장실 문을 쳐다보았는데, 별다른 이슈 없이 사무실을 나서시기에 안도감을 느끼며 화장실에 들어갔더니, 변기가 얼어 있었다. 별다른 이슈가 있을 수가 없었던 것이다.

과거형으로 표현하긴 했지만, 현재도 이 사무실에서 근무하고 있다. 봄·가을에는 쾌적하기가 이루 말할 수 없다. 스무스하게 주차를 하고 멀리깊이 로고가 새겨진 유리문을 열고 조명을 켜면, 내가 올 곳에 온 것 같은 안도감을 느낀다.

사무실이 꼭 필요한가? 이처럼 엄혹한 겨울에 손을 호호 불어가며 교정을 봤어도, 사무실에 나와 있는 것이 애들이 난동 부리는 집에서보다는 능률 면에서 나았다고 생각한다. 근무시간 자체가 짧았기 때문에 대개 점심은 집에서 싸온 도시락을 간단하게 먹는 것으로 끝냈지만, 가끔 주변 출판사에 근무하고 있는 선후배들을 만나 자연스럽게 나누게 되는 책 이야기들이 엄청난 환기가 되기도 했다.

요즘에는 많은 기업에서 재택근무와 화상회의를 필수적인 업무 형태로 받아들이고 있다. 출퇴근 시간 소모할 필요 없고, 모여 일하면 어쩔 수 없이 소비해야 했던 사무용 킬링타임에 시달릴 필요도 없다는 것이 얼마나 큰 장점인지도 안다. 그러나 여전히 밥 먹고 TV 보고 잠자는 공간에서 기획하고 편집하고 마케팅을 하는 일에 대해서는 회의적이다. 아이가 있는 특수한 상황이기는 했지만, 지난겨울 사무실에 출근하지 못했던 몇몇 날들에 내가 얼마나 나태하게 굴었던가 생각해보면 분리된 업무공간이 반드시 필요하리라 생각한다. 한때 공유형 오피스를 사용했던 경험도 있는데, 출판업은 공유형 오피스와는 잘 맞지 않는 업종인 것 같다. 지금은 나도 종이 출력 없이 태블릿PC로 교정을 보고 있지만, 당시 공유형 오피스에서 제공한 책상에서는, 적자 대조(지난 교정지의 수정사항들이 새 교정지에 제대로 반영이 되었는지를 대조하는 과정)도 쉽지 않았다.

　가정에서 방 하나를 오롯이 업무용 공간으로 만들거나, 장소가 협소하다면 컴퓨터 공간을 별도로 분리하는 선에서만이라도 업무공간을 따로 둘 것을 권한다. 편집본과 참고서적을 보관할 공간도 무시할 수 없다. 창고 계약이 이루어지기 전인 초기 단계에는 제작한 도서를 쌓아둘 공간도 필요하다는 이야기를 들었다. 한 권 한 권 만들고 보관하는 것이 모두 매출과 자산인 만큼, 시간의 효율성과 임대 비용을 잘 저울질해 신중하게 선택하기를 바란다. 공간이 안기는 무기력에 빠져 책 출간을 한 달 미루는 것이, 임대 비용보다 훨씬 큰 손실일 수 있다.

---

**사무실을 임대할 때 고려해야 할 것들**

1. 주변 시세보다 지나치게 임대료가 높거나 낮은 곳은 아닌지 확인한다. 겨울에 변기가 얼거나 여름 실내온도가 40도 이상으로 치솟는 예비 찜질방일 수도 있다. 우리 사무실이 그렇다는 말은 아니다.
2. 사무실의 넓이는 1인당 2평이 적절하다고 한다. 그러나 출판사 업무의 특성상 디자인용 듀얼 모니터 또는 교정용 긴 책상을 둘 수 있는 공간이 확보되는지를 확인한다. 참고용 도서나 재고 도서를 보관할 것을 감안하면 적어도 4평 이상은 되어야 한다. 층고가 너무 낮지 않은지도 체크한다.

3. 지나치게 교통이 낙후된 곳도 피한다. 미팅 한 번 잡으면 하루 일정을 공쳐야 하는 곳에서 일하다보면, 안 그래도 나태해지기 쉬운 1인 출판사의 업무효율성에 치명적이다.

4. 전기용량이 충분한지 살핀다. 내가 쓰는 사무실의 경우 사무실은 넓으나 전기용량은 충분치 않아 겨우내 난방기를 켜면 온열기가 꺼지고 온열기를 켜면 난방기가 꺼지는 요지경을 경험했다. 현재는 전기용량을 승압해 큰 문제가 없을 것으로 예상하지만, 추운 겨울이 다가와야 이번 겨울에는 무사할지 알 수 있을 듯하다. 냉장고, 컴퓨터 등의 전자제품을 구매할 때는 꼭 예상 사용전력을 확인한다.

5. 간혹 고정비를 낮아 보이게 하려고 관리비를 제외한 금액으로 사무실을 소개하는 곳들도 많다고 한다. 관리비를 포함한 월 고정비를 꼭 체크한다.

6. 지나치게 인테리어 비용을 쏟아부어야 하는 곳은 아닌지 확인한다. 사업 초기에 일이백만 원은 작은 돈처럼 보이지만, 나중에 그 일이백이 없어 돈 꾸러 다니는 상황이 생길 수 있다.

7. 주차공간까지 확보하라고 요구하는 것은 무리일까? 혼자 일하는 경우 기동력이 중요하다. 혼자서 많은 일을 해낼 수 있다는 것은 그 자체로 작은 출판사 대표로서의 큰 덕목이다.

## 초기에 어떤 비용이
## 들어가는가?

출판사를 차리고 가장 먼저 현타가 왔을 때는 프린터 잉크를 교체할 때였다. 사무실을 열고 보니 큼직하게 들인 것도 없는데 하나부터 열까지 돈 들어갈 것투성이였다. 하다못해 빗자루, 쓰레기통도 다 돈 주고 사야 했다. 이제껏 어디에서 일하든 굳이 신경쓰지 않아도 원래 거기 있던 물건들이었다.

자꾸 나가는 돈 때문에 위축된 상태에서 교정지 출력이 가능한 복합기를 알아보자니 매달 10만 원에 달하는 복합기 렌털 비용이 터무니없게 느껴졌다. 이미 교정 대부분을 태블릿PC로 진행하고 있었기 때문에 교정지를 출력할 일도 많지 않았다. 하지만 나야 태블릿PC로 교정을 본다손 쳐도, 녹음 원고나 저자께서 보실 교정지를 출력해야 하는 상황이 생길 수도 있었다. 그래서 팩스와 복사 기능이 있는 소형 프린터를 구매한 것이 문제의 시작이었다.

녹음과 저자 교정이 중요한 어학서를 첫 책으로 출간하려니, 500매에 달하는 교정지를 반복해서 출력해야 했다. 프린터를 들이고 보름이 지나지 않아 토너가 뚝 떨어져버렸고, 20만 원을 주고 산 프린터의 토너 카트리지가 20만 원이라는 사실을 알게 되었을 때 엄청난 낭패감이 몰려왔다. A4용지와 토너 카트리지를 주문하며 '아, 내가 직원일 때는 이 모든 게 다 돈이란 것을 몰랐구나' 처음으로 생각했다. 왜 그 많은 사장님이 그렇게 돈, 돈 거리며 직원들을 들들 볶았나 이해가 되었다.

창업하고 3개월 만에, 1억 자본금의 정확히 절반이 사라졌다. 당시 나를 두렵게 했던 창업 초기 3개월 지출 항목은 다음과 같았다.

**사무실 임대와 관계없이 발생한 항목**
- 법인 등록에 필요한 세금 및 수수료
- 국내 계약 도서들의 선인세
- 디자인과 교정을 포함한 각종 외주비
- 내 인건비와 그에 따른 각종 세금

- 종이신문과 주간지, 웹진 구독료
- A4용지를 비롯한 온갖 사무용품과 소모품 구매비

**사무실을 운영하기 위해 발생한 항목**
- 사무실 보증금, 임대료, 공과금
- 책상과 의자, 테이블 등 필수 가구
- 컴퓨터, 프린터, 냉장고 등 필수 가전
- 인터넷 사용료를 비롯한 각종 통신비

첫 책이 배본되지도 않은 상태에서 자본금의 절반을 쓰게 될 것이라고는 전혀 생각하지 못했던 터라 두려웠는데, 남은 절반의 자본금도 다음의 항목으로 인해 언제 바닥을 보일지 알 수 없는 상태였다.

**아직 지출하지 않았지만 결제일이 빠르게 다가오는 항목**
- 첫 책 제작비
- 배본과 창고 보관료를 포함한 물류비
- 언론사 릴리즈 대행료
- 홍보를 위한 도서 발송에 드는 택배비

**외서 판권에 손대기 시작한 순간부터 마이너스 시한폭탄이 되는 항목**

- 외서 선인세
- 번역료
- 에이전시 수수료와 각종 세금
- 도서 및 서류 전송에 따른 해외 배송료


책 한 권에 100원 단위의 배본비가 붙어 있다는 것도 창고를 계약하는 순간에야 알게 된 출판 멍청이인 나에게, 이 모든 항목은 그 자체로 재앙을 의미했다. 책이 창고에서 날개를 달고 저절로 서점에 드러누울 리는 만무한 일이니, 운반에 따른 비용이 발생하리라는 것은 창업하기 전 당연히 계산했어야 했는데 나는 단 한 번도 이와 같은 생각을 해본 적이 없다. 그야말로 편집이나 할 줄 알았지 출판 프로세스와 창업에 대한 어떤 준비도 지식도 없었던 것이다. 창업하는 순간 줄줄이 청구서가 나붙게 된다는 것을 절감한 어느 하루, 남편에게 숨만 쉬어도 돈이 나간다고 말했더니 남편이 대답했다.

"그게 자영업자가 짊어지는 고통의 무게예요. 직장인은 똥을 싸도 월급을 받지만, 자영업자는 잠자는 시간에도 임대료가 나가잖아요.”

　그렇다고 어쩔 것이냐. 사무실에 대자로 누워서 누가 “이 돈 좀 써볼래?” 하고 가져다주길 기다릴 수는 없는 노릇이었다. 남은 돈도 얼른 써서 그걸로 책을 만들어 매출을 내야 했다. 내가 돈을 벌어야 한다는 것을, 부끄럽지만, 창업하고 나서야 깨닫고 말았다. 어쩔 것인가. 나는 부지런히 저자를 만나고, 에이전시를 방문하기 시작했다.

,

# 2장

# 기획,
# 작은 출판사의
# 유일한 무기
# :
# 정신만 똑바로 차리면
# 베스트셀러를
# 만들 수 있다

## 출판사를 창업했다는 말은
## 곧 출판기획자가 되었다는 말

 편집자 출신이든 마케터 출신이든 아니라면 출판 경력이 전무한 신입이라 하더라도, 기획을 할 수 있다면 출판사를 운영해나갈 동기와 자질을 이미 갖추었다고 생각하면 된다. 누구에게 어떤 책이 필요하고, 누가 어떻게 써서, 어떻게 만들고 어떻게 팔 것인지에 대한 기획은 그 자체로 출판사의 소명이고 쓸모이다. 이 소명이 없다면 책이 팔리지 않을 때, 월급이랄 만한 것이 생기지 않을 때, 오히려 빚을 내 인세를 주고 제작비를 대야 할 때, '아, 그냥 어디 취직해서 월급 받는 게 낫겠구나' 싶은 생각에 작은 출판사 대표로서의 길을 쉽게 포기하게 된다. 이렇게 써놓고 보니, 마치 나는 출판인으로서 대단한 포부를 지닌 것처럼 보이지만 나 역시 이런 생각을 하게 된 지 얼마 되지 않았다. 출판사에 들어온 것도 어영부영 꿈을 포기한 탓이 크다.

대학을 졸업할 무렵 기웃거린 곳은 잡지사였다. 당시만 해도 꿈이 소설가였기 때문에 아르바이트하면서 월세와 용돈만 벌 수 있다면 나머지는 글을 쓰며 지내보자고 결심했다. 그러나 기껏 공부시켜 놨더니 어디 취직도 안 하고 서울서 혼자 무슨 짓을 하는지도 모르는 딸이 된다는 게, 너무 죄스러웠다. 부모님 두 분 다 어떤 압박도 하지 않으신 것은 물론, 심지어 아버지는 '너 글 쓸 시간이 없어 소설을 못 쓰는 거라면 돈은 내가 줄 테니 글을 쓰라'고까지 말씀해주셨으나, 그런 딸이 될 수가 없었다. 이 번듯함에 대한 강박감이, 작가로는 살 수 없는 태생적 요인 같기도 하다. 재능이 없고 게으르다는 게 가장 큰 문제겠지만.

일단 아르바이트를 하더라도 글을 쓸 수 있는 곳에서 일해보자 싶어 들어간 곳이 잡지사였다. 일주일에 한 번만 출근하면 되는 어시스턴트 자리였는데, 몇 주 같이 일을 해본 에디터 선배는 고맙게도 한 꼭지씩 기사도 맡겨주었다. 일의 대부분이 촬영용 소품을 운반하고 현장에서 이런저런 허드렛일을 하는 것이었다. 편의점에서 아르바이트하는 것보다 적은 시간 일하며 그와 비슷한 수준의 임금을 받는다는 것이 매우 매력적이었는데, 동시에 지나치게 감정 소모가 심하고 나에게 맞지 않는 일이기도 했다. 많은 일을 눈치껏 해내야 좋은 평가를 받을 수 있는 곳이었는데, 당시에는 말마따나 눈치도 없고 책임감도 없는 비정규직이어서, 하루는 내가 제대로 처리하지 않고 도망가버린 일 때문에('해야 하지 않나?'라고 생각은 했지만 어떻게 하면 되는지 몰라 나 몰라라 했던 기억이 난다) 다른 어시스턴트가 그 일을 대신했노라고 따로 불려가서 점잖게 혼나기도 했다. 결정적으로는 당시에 어떤 습작도 하지 못했다는 것이 큰 문제였다. 어시스턴트라는 비정규직 직함이 내게 안기는 불안감이 너무 컸다. 당시 내 판단으로 소설을 쓰려면 어시스턴트 정도의 위치가 적합했는데, 글을 못 쓰는 것은 물론이고 '내가 이 나이에 남의 심부름이나 하고 있구나' 싶은 좌절감이 나를 더 깊은 우울감에 빠지게 했다. 소명 없이 겉멋만 잔뜩 든 상태에서 당연히 빠질 수밖에 없는 딜레마였다. 그러던 차에 출판사에서 일해보지 않겠느냐는 소개를 받았고 소설가 지망생으로서의 포부가 무색하게도 얼른 입사원서를 내버렸다. 그렇게 내 생애 첫 출판사에 입성하게 되었다.

출판사에 들어오고 보니 가장 재미있는 업무가 기획이었다. 교정·교열을 포함한 편집 업무에 대해 제대로 알지도 못하고 잘해낼 능력치가 없었기 때문이기도 했지만, 그걸 고려하더라도 이상하다 싶게 만들고 싶은 책이 많았다. 입사 직후에는 당연히 선배 편집자가 기획하고 편집하는 책의 보조업무를 담당했다. 이후 연차가 쌓이면서 기획안을 만들어 적절한 저자를 찾아다니기 시작했는데, 생전 제대로 읽어본 적도 없는 어학 학습서를 만드는데도 기획 업무가 그렇게 재미있었다. 어순에 따라 문장이 길어지는 영어 학습법에 대한 투고가 들어왔을 때는, 팀 사람들과 함께 책장을 넘기면 한 문장씩이 길어지는 형태로 고전을 읽게 하자는 식의 아이디어를 냈다. 혼자 PPT 작업을 해서 이렇게 오리고 저렇게 넘겨보며 샘플을 만들었다. 일본어 학습서도 만들었는데(입사 당시 대학 다닐 때 심심풀이로 따둔 3급 자격증이 있었는데, 이후 꾸준히 공부해 2급 자격증까지 따게 되었다. 지금도 일서 편집 작업을 할 때는 원서 대조를 꼭 하고 이 과정에서 번역자 문의를 통해 오류를 잡아내기도 한다), 같은 한자에도 여러 훈음과 독음이 있는 것에 착안해 마인드맵 형식의 기초 일본어 한자 책을 출간하기도 했다. 이 책이 나오고 어학 전문 출판사의 팀장님 한 분께 누가 기획한 책이냐는 전화를 받기도 해 무척 뿌듯했던 기억이 난다. 인문교양서를 만들 예정이라는 말을 듣고 입사했던 것이기는 하지만, 어학 분야에서 출판을 시작한 것이 결과적으로는 다양한 책을 형식에 구애받지 않고 기획하게 된 계기가 된 것은 분명하다. 지금도 책을 기획할 때 반드시 본문 구성에 대해 고민하는데, 본문 안에 어떤 역할의 텍스트가 어떤 형태로 들어가야 하는지에 대한 고민은, 어학 분야에서 출발하지 않았더라면 필요성조차 인지하지 못했을 것이다.

　출판사는 정말로 다양한 목적과 배경에서 탄생한다. 민주화에 대한 열망으로 잡지와 서적이 들불처럼 유통되던 시기에 횃불처럼 등장한 출판사가 있는가 하면, 영미권 동기부여 강사들의 베스트셀러를 수입해 들여와 자기계발 분야를 개척한 출판사들도 있었다. 진솔하고 묵직한 에세이를 찬찬히 내는 곳에서부터 저돌적인 정치 지향성을 과감하게 드러내는 곳까지, 온갖 성격과 목표를 지닌 출판사들이 넘쳐난다. 그러나 그곳이 어디든지, 어떤 책을 누가 왜 만들어야 한다는 기획력 없이 살아남는 출판사는 없다. 운좋게 한두 권은 팔아먹을 수 있어도, 오래 살아남기는 어렵다. 나아가서 누구에게 어떤 원고를 받을 것인가에 대한 기획 방향은 그 자체로 그 출판사의 성격과 정체성이다. 성격 없는 인간이 인간관계를 맺기 어려운 것처럼, 성격 없는 출판사가 독자와 관계 맺기는 불가능하다. 이 관계성이 독자가 안심하고 해당 출판사의 책을 구매할 수 있도록 하는 동력이 된다.

그러므로 이전에는 무엇을 했든지 출판사를 꾸리시려거든 내가 만들려는 책의 독자는 누구이고, 어느 저자에게 어떤 형태의 원고를 청탁할 것이며, 그 원고를 언제까지 얼마만큼의 분량으로 수급해서, 누구에게 디자인을 맡기고 얼마에 값을 매겨 언제 출간하고 어떤 마케팅을 할 것인지에 대한 기획안을 수시로 작성해보시기를 권한다. 단, 저자나 저작권이 없는 콘텐츠를 아무렇게나 가져와 짜깁기한 콘텐츠가 아닐 것(정확히 말하자면 반드시 인세를 지급하는 원고일 것), 출판사 대표가 자기 전문 분야가 아닌 내용에 대해 혼자 쓴 원고가 아닐 것, 굳이 책이 아니어도 되는 콘텐츠(예를 들어 웹상에서 스크롤을 내려가며 보는 것이 더 나은 이미지나 짧은 줄글 모음)를 억지로 책의 형태로 만들거나 특정 집단에 단기간에 팔아먹는 원고도 아닐 것을 권유한다. 이런 책들은 출판사의 성격을 형성할 수 없게 만드는 것은 물론, 출판사를 오래 유지할 수도 없게 만드는 독약 같은 콘텐츠들이다. 뭐 이런 당연한 말을 하나 생각하시는 분들도 있겠지만, 작은 출판사를 운영한다는 것은 큰 출판사에서 일하는 것과는 다르다. 큰 출판사에 앉아 있다는 것은 그 자체로 큰 노력을 들이지 않고도 좋은 원고를 수급할 수 있는 위치에 있다는 것을 의미한다. 당연한 말이지만, 좋은 원고를 들고 있는 작가님들도 큰 출판사에서 안정적인 지원을 받으며 책을 만들길 기대한다. 그 타이틀을 버리고 뛰쳐나와 황야에 서서 갈증에 시달리다보면, 물 한 모금 입에 넣기 위해서 뭐든 해버리자 싶은 유혹에 빠지게 된다.

안타깝게도 나는 이 업계에서 그저 대표자 한 명의 이익을 위해 굴러가고 있는 출판사를 여럿 보았다. 한 인쇄소 사장님께 들은 바로, 어떤 출판사는 대표 한 명이 1년에 수십 종을 내는데, 모두 통외주를 맡겨서 무슨 책이 나오는지 인쇄소에 와서 표지 볼 때 처음 아는 모양인 것 같다고 했다. 당연히 재쇄는 없고, 그저 내놓은 책 배본하는 것으로 자기 월급 삼는 모양이라고, 인쇄소로서도 그런 책은 전혀 반갑지 않다고 이야기했다. 저작권 죽은 고전만 찾아서 누구 번역인지 제대로 확인도 거치지 않고 이 번역본 저 번역본 짜깁기해 출판한다는 곳에 대해서도 수차례 들어봤다. 사실 이런 책들은 매출에 대한 기획이지, 책에 대한 기획이 있었다고는 볼 수 없다.

큰 노력 안 들이고 잽싸게 만들어 빨리 돈으로 바꾸려는 생각이 너무 강하면, 어찌어찌 대표 하나 배부를 수는 있겠지만, 그야말로 먹고 싸는 것 말고 다른 어떤 행위도 못하는 단세포 생물종과 다름없게 된다. 내 소중한 출판사를, 함께 살아가는 공동체에 이바지하는 유기체가 되게끔 가꾸자. 그런 기획을 하자고 다짐한다.

마지막으로 온라인 서점계의 시조새로 일컬어진다는 예스24 조선영 MD가 쓴 『책 파는 법』에 나온 내용을 참고삼아 공유하고자 한다. 그의 책에 따르면, 출판사 대표 겸 저자가 자전적 에세이를 직접 편집해 출간하는 책은 '훑어보는 것조차 미뤄두는 책'의 가장 대표적 사례라고 한다. 온라인 MD들이 노출을 결정하기 위해 접하는 책은 일주일에만 1,600종에 달한다고 하는데, 그중 80~90%는 훑어보는 것조차 불가능하다고 한다. 대표가 쓴 자기 에세이는 제쳐두는 책 중에서도 가장 먼저 제쳐두는 책이라고 하니, 이런 책으로 1인 출판사를 시작하려는 분이 계신다면 제발, 그 결정을 멈춰주시라. 팔려는 사람이 권하기 꺼리는 책을 어떤 독자가 돈 주고 사서 읽고 싶겠는가.


## '베스트셀러의 신' 겐조 도루가 밝힌
## 네 가지 기획 원칙


겐토샤의 대표이자 전설의 편집자로 불리는 겐조 도루가 그의 저서 『편집자라는 병編集者という病い』에서 밝힌 네 가지 기획 원칙을 공유하고자 한다. 책에서는 '팔리는 물건'의 네 가지 공통분모라고 소개했으나, 팔리는 책의 중요성을 무엇보다 강조한 그의 기획편집론을 고려하면 베스트셀러 기획의 네 가지 원칙이라고 불러도 무방할 듯하다. 2014년 발행된 〈기획회의〉 361호에 소개된 글을 당시 일하던 팀의 부서장께서 공유해 읽게 되었는데, 이후 기획을 할 때마다 떠올리고는 한다.

그가 말하는 팔리는 물건의 공통분모는 다음과 같다. 첫째, 오리지널리티가 있을 것. 둘째, 명확할 것. 셋째, 극단적일 것. 넷째, 유착癒著이 있을 것. 여기에서 말하는 유착이란 그가 저자와 독자를 대하는 방식에서 찾아낼 수 있는데, 그의 표현에 따르면 저자와 편집자는 '서로 내장을 비벼' 책을 만드는 관계다. 겐조 도루는 저자를 만나기 전 그의 모든 글을 완벽하게 읽고 만나는 것을 기본 원칙으로 삼았는데(단편 작품 하나를 통째로 외워 저자 앞에서 읊었다는 일화를 보기도 했다. 출처가 정확하게 기억나지 않아 적질 못했는데, 틀리면 어떡하지), 한번 작품에 관한 이야기를 시작하면 밤을 새우는 것도 불사했다고 한다. 독자의 가슴을 파고드는 책이 줄어서 생긴 불황을 시장 탓으로 돌리지 말라는 강렬한 충고도 한 바 있다. 어딘지 억울해지는 듯도, 한없이 작아지는 듯도 한 발언이다.

# 다섯 가지 원고 유형과
# 두 개의 원칙

내가 생각하기에 작은 출판사가 첫 책을 내는 가장 좋은 방법은, 이전 회사에서 담당하던 거물 저자에게 초기 판매가 확실해 보이는 탄탄한 원고를 받는 것이다. 큰 광고비를 들이지 않아도 서점과 수월하게 거래를 시작할 수 있고, 시작과 동시에 안정적으로 올린 매출로, 돈에 연연하지 않으면서 다음 원고를 기획하고 수급할 수 있다. 그러나 이런 경우는 흔치 않다. 초기 판매가 확실한 거물 저자라는 것도 시장이 줄면서 함께 사라진 느낌이고, 그런 저자가 편집자나 마케터 한 명 믿고 출판사를 옮길 가능성도 크지 않다. 한 권 한 권 전보다 더 신중하게 구매하는 분위기에서 저자 이름만 믿고 무턱대고 책을 사는 독자들도 한창때보다 확연히 줄었다. 동시에 한두 명 거물 저자가 특정 분야를 석권해버리는 경향성도 강하다.

다들 많이 살 때는 큰 문제가 아니지만 안 그래도 1년에 한두 권 책을 사는데 그마저도 몇 저자 책에만 구매 좌표가 찍히게 되면 다양한 책을 내는 데 의미가 있는 작은 출판사들에게는 재앙이다. 시장이 축소되면 가장 먼저 다양성이 사장되는데, 지금 출판시장이 그런 것 같다.

두번째로는 독자가 확실한 아이템을 안 팔릴 수 없는 형태로 편집하는 것이다. 이전에는 없었지만, 일단 있다는 것이 인지되면 안 사볼 수 없는 책을 만들면 된다. 이 역시 엄청난 기획력이 아니고서는 불가능하다. 그러나 오늘도 많은 출판사가 뛰어난 기획력을 바탕으로 쉬지 않고 베스트셀러를 만들고 있고, 이 때문에 매일 아침 서점 베스트셀러를 확인할 때마다 주눅이 든다.

세번째로는 해외에서 콘텐츠의 우수성을 입증받은 도서를 높은 선인세를 지급하고 사오는 것이다. 저자가 유명하거나 수상 이력이 있는 도서의 선인세는 1만 달러나 70~80만 엔을 훌쩍 뛰어넘는다. 번역료까지를 고려하면 책이 나오고 난 후에도 한참을 팔아야 이미 지급한 인세나 번역료를 회수할 수 있다는 점에서 작은 출판사가 시도하기에는 어려운 방법이다. 그렇게 해서 내놓았을 때 판매가 시원치 않으면 그야말로 하루하루 똥줄이

타들어가는 고통을 맛보게 된다.

네번째로는 해외에서는 큰 주목을 받지 못했지만, 국내 독자들에게 어필할 수 있는 형태의 원고를 찾아서 찰떡같이 편집해 출간하는 것이다. 쓰면서도 믿기지 않는 일이지만, 많은 베테랑 편집자들이 1년에도 한두 번씩 해내는 일이다. 국내에서 저자가 홍보를 해주는 것도 아니고, 독자로서는 책을 알아볼 어떤 매개체도 없으므로 시장을 잘 반영한 뛰어난 편집력을 발휘해야 하고, 비용뿐만 아니라 스킬도 좋은 마케팅 공력이 들어가야 한다. 역시 작은 출판사가 시도하기에는 어려운 방법이다. 그러나 다시 말하지만, 많은 베테랑이 이 방법을 통해 작은 출판사를 우뚝 일으켜세웠다는 점에서 노려볼 만하다.

다섯번째는 복간이다. 이미 오래전 출간되어 한차례 시장을 휩쓴 책이 절판되었다면, 그러나 여전히 시사하는 바가 크고 공감과 울림이 있다면 다시 판권을 사들여 출간하는 방식이다. 외서라면 에이전시를 통해(해외 출판사에 직접 컨택해도 된다) 선인세 지급 계약을 맺으면 되고 국내서라면 저자를 찾아뵙고 출판권설정계약을 맺으면 된다. 이 역시 모험이다. 오늘날에도 여전히 감동과 울림을 주는 20~30년 전 출간 도서를 찾으려면 정말이지 엄청나게 노력해야 한다. 우연히 이런 책을 발견했다면, 우연히 그 책을 발견할 수 있을 만큼 출판에 몰입해 있던 결과일 것이다.

멀리깊이는 창업하고 1년 동안 위의 다섯 종류 원고를 모두 기획해서 수급했다. 이후 하나하나 설명하겠지만, 어떤 것은 기대 이상의 성과를 거두었고, 어떤 것은 새벽에 혼자 일어나 눈물을 찔끔 흘릴 만큼 초라한 성적을 거뒀다. 여전히 원고를 수급하는 과정에 있거나, 조만간 그 결과를 확인하게 될 책들도 있다. 결과에 상관없이, 모두 엄청난 애착을 두고 기획한 아이템들이고 하나하나 생각하면 자부심이 생긴다.

멀리깊이가 이들 원고를 수급하면서 기획의 주안점으로 뒀던 원칙은 두 가지다. 첫째는 책의 물성이 지닌 장점을 최대한 살리는 책을 내볼 것. 둘째는 이를 바탕으로 멀리깊이가 독자의 필요에 충실한 출판사라는 캐릭터를 구축할 것. 이 두 가지 원칙은 내가 '세웠다'기보단 어쩔 수 없이 '세워졌다'라고 말할 수밖에는 없는데, 이유는 간단했다. 엄청난 저자를 업었거나 베팅하듯 마케팅비를 쏴댈 것이 아니라면, 작은 출판사가 서점과 독자를 설득할 방법은 '필요한 책을 만드는 것'이 유일하기 때문이다. 필요하려면 좋아 보여야 했고, 필요하려면 이미 있는 것과 겹쳐선 안 됐다.

이 필요가 멀리깊이의 초기 캐릭터였다. 입체적인 캐릭터를 가지고 있는 존재는 자신의 스토리로 다른 누군가와 대화할 수 있다. 멀리깊이에게 캐릭터가 생기면, 멀리깊이는 이를 기반으로 독자와 대화할 수 있다. 작고 예쁜 에세이나 가슴까지 자유로워지는 듯한 도판 중심의 여행서적을 출간할 수도 있고 자녀교육서나 경제경영서, IT 전문 지식을 전문으로 다루는 출판사가 될 수도 있다. 그러나 이 모든 분야의 상위에 존재하는 '캐릭터'라는 개념은 분야를 막론하고 '어, 이 출판사에서 나오는 책은 뭔가 되게 친절한데?'라거나 '충실한데?'라거나 '새로운데?'라고 생각하게 한다. '아, 자녀교육서가 나오는 데구나'보다 좀더 입체적이다.

## 종이책의 필요와
## 기획의 연관성

2010년 근무하던 첫 출판사에서 전자책 시장을 학습하는 스터디에 가입한 적이 있다. 전자책 시장에 대한 공포가 유령처럼 출판도시를 떠돌던 때였는데, 동시에 파주의 얼리어답터들이 전시하듯 스마트기기를 사들이던 시기이기도 했다. 연말 전체 회식 때 회사에서 처음으로 아이폰을 구매했던 한 팀장님이 전 직원이 보는 앞에서 기타 연주 애플리케이션을 시범으로 보이던 순간이 기억에 남는다. 손바닥만한 아이폰 화면을 기타 연주하듯 손가락으로 긁자, 띠리리링 하고 영롱한 소리가 울려퍼졌다. 다들 "오~" 하고 처음 불을 발견한 원시인들처럼 감탄사를 내뱉었다. 당시 그 팀장님의 우월감 섞인 뿌듯한 웃음이 아직도 머릿속에 생생하다. 서점마다 전자책 전용 리더기를 개발하고 있다는 흉흉한 소문이 돌기 시작했고, 아마존에서는 누구나 마음만 먹으면 출판사를 끼지 않고 직접 책을 유통할 수 있는 플랫폼을 만들고 있다는 청천벽력과도 같은 이야기들이 떠돌았다. 안 그래도 박봉과 싸우며 살인적인 노동시간에 시달리는 사람들한테서 그나마 입에 달고 있는 숟가락마저 빼앗겠다는 위협처럼 다가왔다.

당시 리디북스에서 근무하는 분을 직접 스터디에 모시기도 했는데, 그때 나눴던 대화를 돌이켜보면 전자책 시장을 개척하는 이들이 했던 고민은 지금 넷플릭스 등의 스트리밍 서비스들이 안고 있는 고민과 유사했다. 뭘 볼까 고민하는 데 너무 오랜 시간을 쏟게 된다는 것과 어떤 콘텐츠를 전면에 홍보할 것인지 노출과 마케팅에 관한 문제였다. 당시 대화를 나누면서 느꼈던 점은 전자책 시장을 개척하는 사람들이 갖는 문제의식은 종이책을 만드는 사람들이 하는 고민과 유사한 듯 다르다는 것과, 종이책과 전자책의 물성이 다르므로 시장 자체의 특성도 다를 수밖에 없겠구나 하는 것이었다. 폭발적으로 늘던 아마존 전자책 소비가 일정 수준에서 정체기를 이루고 있다는 소식이 만연하던 어느 무렵부터는 전자책에 대한 공포는 자연스럽게 종이책 물성에 대한 믿음으로 바뀌는 듯 보였다.

한 10년쯤 뒤에 지금의 이 문장을 본다면 멸종 직전의 동물이 다가올 재앙을 감지하지 못하고 미련 떠는 것처럼 보일까 봐 겁이 나기도 하지만, 나는 여전히 체계적으로 정보를 학습하는 가장 효과적인 전달수단은 책이라고 믿는다. 동시에 훼손 불가능한 정결한 형태의 전달수단이기도 하다. 휴먼큐브 마케팅부의 최향모 차장님과 대화 나눈 내용인데, 그는 최근 출간되어 엄청난 판매고를 올린 『조국의 시간』을 보며 책의 역할을 다시금 느꼈다고 했다. 오염과 훼손의 염려 없이 처음부터 끝까지 완벽한 나의 주장을 펼치기에 한 권 도서만큼 적합한 매체가 없다는 것이다. 전적으로 공감한다. 나는 종이신문 하나와 경제 분야의 유료 웹진, 격주 시사지와 온갖 뉴스레터를 구독한다. 전자책 구독서비스와 유튜브와 넷플릭스 정기결제 서비스도 이용하고 있다. 이들 서비스의 공통된 특징은 호기심을 당기는 첫번째 관문이라는 것이다. 깊이 있는 학습, 오래도록 기억에 남는 체계적인 공부를 하기 위해서는 종국엔 차례가 잘 짜인 종이책을 구매해야 한다. 산만하게 펼쳐진 정보를 제대로 정리하기에 손에 잡히는 한 권 책만큼 좋은 콘텐츠는 없다. 어떤 정보든 빨리 넘기기 위한 인터페이스에 기반을 둔 정보는 치밀하기가 어렵다(혹여나 종이책을 읽을 수 없는 다양한 상황에 놓인 분들께는 거부감이 드는 단언일지도 모르겠다. 혹시나 그런 불쾌감을 느끼셨다면 사과를 드린다).

종이의 결, 그 안에 잉크로 찍어 누른 한 자 한 자의 모양새, 두 페이지 펼침면에 일목요연하게 정리된 정보들, 각기 역할에 알맞은 서체와 판형, 그로 인해 한 장 한 장 넘길 때마다 얻는 몰입감, 읽는 동안에 얻은 행복이 책장에 꽂혀 전시될 때에 느껴지는 만족감, 그 책등을 볼 때마다 되살아나는 향수. 멀리깊이가 초기 성격을 다지는 시기에는 다른 것 말고, 이 종이책 물성에 충실한 콘텐츠를 만들어보고자 생각했다. 따라서 멀리깊이 초기 1년 동안 출간한 도서들의 분야와 판형, 특징은 아래와 같다.

### 두근두근 확장 영어 01 빨간 머리 앤

- 분야: 외국어
- 판형: 105×150×28, 540쪽
- 기획 의도: 책장을 넘길 때마다 어순에 따라 문장이 늘어난다. 자연스러운 어순 학습.

– 본문 구성 특징 :

매슈와 마릴라는 **남매였다.**

Matthew and Marilla _____.

⇩

매슈와 마릴라는 **농사를 지으며 사는** 남매였다.

Matthew and Marilla were brother and sister_____.

⇩

매슈와 마릴라는 **에이번리 마을에서** 농사를 지으며 사는 남매였다.

Matthew and Marilla were brother and sister farming in Avonlea.


## 초등 노트 필기의 기술

– 분야: 자녀교육, 초등학습

– 판형: 182×227×9, 160쪽

– 기획 의도: 온라인 수업시 필기를 통해 효과적으로 교과 내용을 학습하는 방법을 안내한다.

– 본문 구성 특징: 교과서에 중요사항을 체크하는 법과 노트를 구성하는 방법을 실제 교과서와 노트 크기

에 가깝게 구현, 한 장 한 장을 모두 이미지로 안내했다. 필기 학습을 해본 적 없는 초등학생들이 혼자서도 따라 할 수 있도록 하는 데 주력. ZOOM 수업 입장 방법 등도 안내해, 초기 온라인 수업으로 인해 혼란을 겪은 학부모와 학생 모두에 도움이 되도록 했다. 〈초등 노트 필기의 기술〉이 빠르게 시장 반응을 얻으면서 과목별 노트를 별도로 제작해 세트 판매를 하기도 했다. 노트 세트 역시 재쇄를 찍는 데 성공했다.

### 초등 4학년, 아이가 수학을 포기하기 전에

– 분야: 자녀교육, 초등학습

– 판형: 본문 130×205×15, 224쪽

시험지 205×260, 3장

– 기획 의도: 무리한 선행학습과 학원 뺑뺑이를 돌리기 전 교과서를 통해 자녀의 수학 기초를 다지도록 안내한다.

– 본문 구성 특징: 선행학습 전 실력 평가를 위한 별도의 평가지를 만들어 실제 시험지와 같은 판형으로 제작해 오리꼬미(날개접기) 제본.

## 판교의 젊은 기획자들

- 분야: 경제경영
- 판형: 148×210×17, 264쪽
- 기획 의도: 판교에서 생성되고 사라지는 새로운 시장과 낡은 시장의 특성을 파악하고 새로운 시장을 선점한 이들의 시장 개척기를 안내한다.
- 본문 구성 특징: 판교에서 가장 주목받는 다섯 개 스타트업 기획자들을 인터뷰해 40쪽에 달하는 분량의 인터뷰 전문을 수록.

매우 산만한 도서 목록이기는 하나, 네 권 모두 종이책이 가진 장점을 최대한 활용할 수 있는 물성을 진지하게 고민해서 출간한 책이다. 실제로 책이 나올 때마다 새롭다는 이야기를 많이 들었고, 해당 내용을 학습하기에 매우 유용한 형태의 책이라는 평가를 받았다. 무엇보다 새로운 형태와 주제의 글들이었기 때문에 어느 때보다 저자와 진지하게 논의하며 책의 형태와 내용을 결정했다. 우리가 말하려는 주제에 가장 적합한 형태를 고민했기 때문에, 유사한 다른 책도 없다. 남의 것 베끼지 않고, 얄팍한 내용으로 독자를 속이려 들지도 않고, 내가 확신

하지 못하는 내용은 과감하게 빼나가면서 저자에게도 독자에게도 떳떳한 책을 만들려고 노력했다. 멀리깊이의 책을 쪼르륵 세워두면, 이만큼의 결을 만들어냈다는 것이 얼마나 의미 있는 일인가 혼자서는 감격스럽다. 독자와 대화할 수 있는 인격체를 가진 출판사, 이 지향성이 지난 1년 살얼음 같은 창업 시기를 버티게 한 거의 유일한 에너지원이다.

# 저자에게도
# 유용한 기획인가

편집 10년 차가 될 때까지만 해도 기획을 할 때는 오로지 어떤 책을 만들어야 많이 팔릴까만을 생각했다. 이번 원고를 준비하면서 서점을 포함해 다양한 직종에 종사하는 출판인들의 책과 인터뷰를 다수 읽었는데, 분야를 막론하고 다들 판매에 대한 강박을 갖고 있었다. 왜 아니겠는가. 경력이 오랠수록 더욱 이 압박에 시달릴 수밖에 없는 것이, 시장의 사이즈가 매해 엄청난 속도로 작아지고 있음이 체감되기 때문이다. 불과 몇 년 전만 해도 종합 1위를 찍은 도서의 일판매가 한 개 온라인 서점에서만 3,000부가량이었다고 하는데, 최근에는 그 절반의 절반밖에 되지 않는다고 한다.

사정이 이렇다보니 기획 단계에서부터 유튜브 등 자기 채널을 가진 저자를 특정하거나 주식처럼 현재 시장을 장악하고 있는 주제에 너도나도 달려드는 현상이 발생하고는 한다. 자연스러운 현상이고 독자에게 필요한 콘텐츠를 만드는 일이기 때문에 바람직한 현상이라고 생각한다. 그러나, 판매가 1차 목표인 책을 만들고 났을 때 어떤 허무함이 찾아드는지를 나는 여러 번 경험해보았다. 자기계발 편집자로서 한창 책 파는 재미에 몰두해 있을 때는 나름의 기획 공식도 가지고 있었다. 지금 당장 실천 가능한 하나의 분명한 메시지를 내세운 책일 것, 독자 스스로 '이 책을 읽는 나는 얼마나 멋진 사람인가?' 확인할 수 있는 책일 것, 점잖은 방식으로 속물적인 욕망을 자극할 것 등이었다. 결론적으로 말하자면, 인스타그램에 '나 이 책 읽고 있다고 자랑하기 좋은 책'을 만드는 데 중점을 뒀다. 내가 요즘 이걸 하고 있노라고 한 문장으로 요약할 수 있을 만한, 이걸 하는 나는 더 나은 삶을 위해서 매일 노력하고 있는 멋진 사람이라는 것을 보여줄 수 있는 책. 이런 공식에 기반을 둔 책들이 반응도 좋았다. 공부할 때는 복잡한 거 따지지 말고 일곱 번만 읽으라는 내용의 일서 판권을 사오기도 했고, 기업정신건강연구소에 근무하시는 정신과 전문의를 찾아가 '모두에게 사랑받을 필요는 없다'라는 메시지의 원고를 받아오기도 했다. 의미 있는 책도 많았지만, 공허한 책들도 있었다. 알맹이가 없는 콘텐츠라는 것을 알면서도 어떻게든 포장하면 팔리겠지 싶어 들여온 외서들이 있었다. 내가 편집할 수 없는 분야의 책임에도 '요즘 이런 게 잘 팔리니까' 싶어 제대로 된 공부도 없이 계약해 출간에 이른 도서도 있었음을 고백한다. 그 끝이 허무였다.

이 허무 끝에 도달한 목표가 저자에게도 의미 있는 책이 되게끔 해보자는 것이었다. 독자들이 흥미를 느낄 만한 저자를 물색해, 그를 잘 연구하고 관찰해서 그의 인생 현재 지점에 꼭 필요한 책을 기획하는 것이다. 그래서 그 책이 완성되는 전 과정에서 그의 가장 열렬한 독자가 되어 진심으로 원고에 대한 의견을 전하고 보완해나간다면, 그 책이 나왔을 때 의미가 없을 수 있을까?

이런 마음 때문에 두 개의 기획안을 작성해서 원고 제안을 한 분이 있다. 현재 YTN 앵커로 계시는 변상욱 기자님이다. 기자님을 처음 뵌 때는 2018년 3월, 역사학자 심용환 선생님과 함께 팟캐스트를 진행하실 때이다. 당시 일하던 출판사에서 기획한 팟캐스트였고, 담당자가 나였다. 처음 인사를 드리고 무례하다 느끼셨을 만큼 뚫어지게 기자님 얼굴을 쳐다볼 수밖에 없었는데, 그

눈빛 때문이었다. 정년퇴임을 불과 2년 앞둔 중년의 나이에 눈동자가 청년처럼 반짝였다. 이후 뵐 때마다 작고 큰 놀라움이 이어졌는데, 처음엔 녹음 때마다 챙겨오시는 수십 장의 요약자료 때문에 놀랐다. 당일 녹음할 내용을 손으로 빼곡하게 적어놓은 A4용지 뭉치였다. 역사 팟캐스트였고, 우리가 다루는 한국사의 영역, 특히 현대사로 접어들면서는 기자님께서 직접 현장에 계신 순간들도 많았는데, 이미 잘 알고 계신 내용인데도, 한 회도 빼먹지 않고 그처럼 준비를 해오셨다. 당시 내 편집 경력이 10년 차를 넘어선 해였는데, 정말 반성을 많이 했다. 이후 책을 만들 때마다 직접 연표와 관계도를 그려놓은 그 필기 자료를 떠올리면서, 내가 지금 그만큼의 노력을 기울이고 있나 수시로 생각하곤 했다. 지금도 그렇다.

여하간 따뜻하고 성실한 인간인 동시에 존경받는 언론인이기도 하셨기 때문에 만나뵌 어느 순간부터는 써두신 원고가 없는지 그게 무슨 원고이든지 하여튼 주십사 애원을 하기 시작했다. 그때마다 말은 삶으로, 삶은 침묵으로 돌아가야 한다는 말씀을 하시면서 책을 내기 위해 원고를 쓰는 일은 절대 없을 거라고 몇 번이고 거절하셨다. 그간 기자님의 이름을 달고 나온 책들은 칼럼

이나 SNS상의 글들을 출판사가 갈무리해 출간되었기 때문에, 나는 그게 못내 아쉬웠다. 그러다 퇴임하시고 나서 문득 "한번 잘 정리해봐" 하고 그간 틈틈이 써두신 노트와 강연, 칼럼 자료들을 한꺼번에 내어주셨다. 쇼핑백 네 개들이 분량이었는데, 그걸 받아들고 와 낡은 노트 하나를 펼쳤을 때, 거기 가득 든 정갈한 글씨를 마주하고 얼마나 벅찼는지 모른다. 어떤 것은 슬프고 괴로운 날의 담담한 일기였고, 어떤 것은 읽은 책에서 추려낸 문장이었다. 나는 창업을 하고, 가장 먼저 이 노트를 문서화했다. 새벽이기도 했고, 한낮이기도 했고, 늦은 밤이기도 했는데, 틈날 때마다 옮기면서 먹먹해져 찔끔찔끔 울기도 하고, '아, 내가 이런 멋진 글을 보았다!' 자랑하고 싶어서 참느라 혼나기도 했다. 안 그래도 일이 많아 정신이 하나도 없을 때였지만, 하나하나 그 글을 옮겨 적고 있는 시간이 참 좋았다. 진짜 책을 만들고 있는 기분이었다.

그런데 원고를 정리해나갈수록 뭔가 아쉬운 마음이 들었다. 오랜 기간 쓰신 메모였기 때문에 여러 곳에 소개된 글들과 중복이 되기도 했고, 기자님의 이름을 내거는 것 말고 전체 글을 묶어낼 하나의 큰 주제가 잡히지 않았다. 어렵게 얻은 원고인데, 고민이 되었다. 문서화 작업이 끝나갈 무렵, 이제는 정식으로 가제를 잡고 기획안과 계약서를 드려야 하는 시점이 되어서 나는 결심했다. '이 고민을 한번 말씀드려보자!'

나는 두 개의 기획안을 썼다. 하나는 주신 원고를 잘 묶어낼 수 있는 방향으로, 만일 편집을 한다면 들쑥날쑥한 원고 분량을 어떻게 디자인적으로 처리할 것인지 참고도서까지 준비했다. 다른 하나는, 새롭게 원고를 쓰셔야 하는 기획안이었다. 기왕 정리한 문서는 새로운 원고를 쓰실 때에 서치용으로 활용하시고, 정말로 지금 시점에서 기자님을 사랑하는 독자들이 읽고 싶어하는 주제는 무엇일지, 그 내용을 쓰신다면 어떤 차례로 쓰실지를 정리한 내용이었다. 모델로 삼고 있는 책도 한 권 선물로 준비했다. 아마도 싫다고 하시겠지만, 이 방향으로 가야 기자님께서도 분명한 담론으로 독자와 소통할 수 있을 것 같았다.

뵙기로 한 식사 자리에 가 앉아서 밥이 코로 들어가는지 입으로 들어가는지도 모르고 첫번째 기획안에 대해 열심히 설명해드렸다. 그러다가 살살 눈치를 보며 두번째 기획안도 보여드렸다. 가만 들으시다가는 "알겠어"라고 하셨다. "아신다고요? 뭘 아세요? 쓰신다고

요?" 눈물이 핑글 돌았다. 절대로 안 쓰신다던 원고를 쓰겠다고 하신 것이다. 커피를 마시러 옮긴 자리에서는 이미 머릿속으로 이걸 이렇게 써야겠다 저걸 저렇게 써야겠다 정리하시는 눈치였다. 아, 그 반짝이는 눈동자를 모두에게 보여주고 싶지만, 어쩔 수 없이 내 마음에만 담아야 한다.

이후로 꼬박꼬박 주말마다 한 꼭지씩 원고를 보내주셨다. 추석 연휴에는 쉬는 날 많다고 두 꼭지를 보내셨다. 지난 연말에 한해 맞이 감사의 전화를 드렸더니, "내가 요즘 이 원고 때문에 주말에 잘 못 쉬어. 하여튼 뼈를 깎아 보내는 원고라는 것만 알아줘"라고 말씀하셨다.

책은 저자가 쓰기로 마음먹은 순간부터 시작된다. 따라서 저자가 쓰기로 마음먹는 기획안을 만들어내는 것이, 출판기획자의 가장 큰 과제다. 쓰겠노라고 말씀한 순간에 기자님 내면에 어떤 결단이 있었던지는 여전히 알 수가 없다. 다만 매주 보내시는 글에서, 이 글을 읽을 이들에 대해 인간으로서의 깊은 동료애가 묻어난다는 것으로 그분의 진심을 유추할 수 있을 뿐이다. 읽을 이를 사랑하며 쓰는 글은, 자연스럽게 그 진심을 드러낼 수밖에 없다. 그 사랑의 과정이 책의 진정한 목표라고 나는 믿어 의심치 않는다. 그 의미구조를 만들어낸다면, 멀리 깊이에게도 가능성이 있다. 멀리, 깊이, 함께 가는 출판사가 될 가능성 말이다.

# " 잘 쓴 기획안,
# 몇백 선인세 안 부럽다

"

멀리깊이를 창업하기 전 나는 딱 두 개의 기획안 양식을 사용했다. 각각 첫번째 회사와 두번째 회사에서 사용하던 양식이다. 대체로는 가제, 기획 의도, 예상 저자, 핵심 콘셉트, 핵심 타깃, 마케팅 포인트, 주요 내용, 예상 차례, 출간 시기와 예상 판매 부수 등을 기록한 한 장짜리 보고서였다. 한 장 안에 핵심 내용을 깔끔하게 담아내고 기획회의 시간에 세부내용을 구두로 설명해 상사나 동료를 설득하기에 최적화된 양식이었다. 첫 회사에서는 3년 가까운 기간, 두번째 회사에서는 근 10년을 이 양식으로 기획안을 작성했고 수없이 까이고 수정하기를 반복하면서 새로운 책을 만드는 일에 착수했다. 처음 멀리깊이를 창업하고도 한동안은 이와 유사한 기획안 양식을 구글 드라이브에 만들어 저자들께도 보여드리고 함께 일하는 분들께도 공유해드렸다. 딱히 어떤 문제가 있다는 자각도 들지 않았다. 동참해주실 분은 해주셨고 완곡하게 거절하시는 분들은 거절하셨다. 이전 회사에서도 흔히 경험하던 일이라 딱히 문제랄 것도 없었다.

그런데 한 달 두 달, 시간이 흐를수록 뭔가 답답했다. 말하자면 앞서 반복해서 언급했던 공허함 때문이었는데, 기획안을 받으신 분들에게서 달리 차례를 작성해봤다거나 샘플 원고를 한번 써봤다는 등의 회신이 오질 않았다. 가끔 전화를 드리면 멋쩍어하시며 일이 너무 바빠 원고 진척이 없다거나 뭘 담아야 할지 고민중이라는 대답을 받았다. 원고 수급이 늦어지는 거야 내가 더 바삐 새로운 원고를 기획하면 될 일이었으나, 저자들이 보이는 반응이 뭐랄까, 슬펐다. 쭈구리의 피해의식인지는 모르겠지만, 어쨌든 오래 좋은 관계를 맺고 있던 편집자가 힘든 시기에 창업했다고 하니 원고는 주마고 약속했지만 그와 달리 저자 개인에게는 뚜렷한 동기나 의지도 서지 않는 기획안이었던 건 아닐까 의심이 들었다. 그렇다고 원고가 비는 동안 매출을 맞추기 위해 형편 닿는 원고를 마구 공수해 번역서를 내거나 함량 미달의 책을 낼 수도 없었다. 책을 돈으로 바꾸려고 창업을 한 건 아니기 때문이었다. 그러려면 내가 원하는 그 저자가 바로 그 원고를 써주셔야 했는데, 그 일이 너무 더디고 의미를 구현하지도 못한다는 느낌이 들었다.

그래서, 바쁘고 힘들어도 써야 하는 원고라고 느끼시게 하려면 어떻게 해야 할까 고민했다. 없는 살림에 마케팅 이벤트 하나, 외서 계약 한 건도 신중할 수밖에 없는 처지에서, 다른 큰 출판사가 해내는 것을 이 작은 멀리깊이도 빵빵 해낼 수 있다고 거짓말을 하고 싶지는 않았다. 그러자니 '내가 이 원고를 써냈을 때 독자들에게 사랑받을 수 있겠구나' 하는 청사진을 제시하는 기획안을 만들어보자고 마음먹었다.

심용환 역사학자께 부탁드리고픈 기획안 작업에 들어갔다. 앞서 언급한 팟캐스트를 통해 오래 함께 일해본 경험으로는, 가치가 있는 일 앞에서 돈이나 다른 이점을 생각하지 않는 분이었다. 선생님의 책 『우리는 누구도 처벌하지 않았다』를 만들 때도 마찬가지였다. 박근혜·이명박 정권이 블랙리스트를 만들어 탄압했던 예술인들의 편에서, 역사학자로서 할 수 있는 최선의 고발과 공론화를 한 노력의 결과물인 원고였다. 이미 강의와 원고 청탁이 넘쳐나는 와중에도, 불의한 일을 외면하지 못하는 의로운 기질 때문에 앞장서서 작업하신 책이었다. 그런 분께 원고를 부탁드린다면, 딱 하나를 잘하면 됐다. 우리가 구현할 수 있는 가치가 무엇인지 보여드리는 것이다. 나는, 선생님 앞에서 프레젠테이션을 하기로 결심했다. '선생님은 선생님 분야에서 사랑받고 있는 전문가이고, 선생님의 책은 언제나 의미 있었다. 이미 다양한 책을 저술했고, 앞으로도 그래야만 하는데, 선생님의 리스트에 이 영역이 비어 있고, 이걸 어떻게 만들어야 독자들의 삶을 바꾸는 의미를 구현할 수 있을지 내가 고민을 해봤다. 그랬더니 그 결과가 이것이다'를 담아내기로 했다.

　얼핏 생각했을 때, 돈은 매우 훌륭한 미끼다. 뭘 써도 좋으니 아무튼 달라는 제안을 받고 '몇억에 원고 몇 개' 식의 계약을 하는 분도 봤고, 선인세를 지급하고 몇 년이 지나서야 겨우, 쥐어짜낸 듯한 원고가 도착해 결국에는 그저 그런 독자 반응을 얻고 끝나는 경우도 많이 봤다. 결국에는 원고를 써내지 못해서, 받은 선인세를 토하느라 고생하시는 분들도 봤다.

　나는 여전히 돈이 쌍방에 굉장히 훌륭한 설득의 수단이라고 생각한다. 옭아매는 처지에서는 꾸준히 닦달하기 좋은 이유고, 옭아매인 입장에서는 어떻게든 써서 보내야지 하고 움직이게 만드는 매우 유용한 동기이다. 그리고 엄연히 말해, 돈이 계약의 모든 목적일 수도 있다. 글을 쓰는 처지에서도 책을 만드는 처지에서도 결국 얻어야 하는 것은 돈이다. 하지만 돈은 최선의 결과를 내는 동력까지는 되지 못한다. 언제나 '진짜'는 '진심'에서 구현된다. 돈은 교환의 수단이지, 가치 자체는 될 수 없기 때문이다. 외서의 경우, 이미 가치가 구현된 도서를 다른 출판사들과 경쟁해서 따내야 하므로 돈이 설득의 최우선 기준일 수밖에 없지만, 국내서는 즉, 내가 저자를 직접 만나 눈을 보며 대화하고 피드백을 얻어 책에 반영할 수 있는 분야에서는, 더 나은 설득의 수단이 반드시 있고, 당장에는 프레젠테이션으로 그걸 구현해보자고 생각했다.

나는 저작권 문제가 없는 디자인 툴을 찾아서 해당 기획안에 가장 잘 맞는 디자인 포맷을 찾았다. 프레젠테이션의 표지를 꾸미고 차례를 구성하고, 그것에 맞게 저자의 약력과 책의 목표와 우리 목표에 맞는 본문 구성 요소를 정리했다. 또한 이 책을 볼 독자들의 면면과 경쟁서의 분포 형태, 그 안에서 위치할 이 책의 좌표를 이미지로 나타냈다. 포맷이 새로워지니, 전에는 굳이 하지 않았던 영역에 대한 고민도 깊어졌고, 프레젠테이션을 시뮬레이션하는 동안에 책이 좀더 생생해지는 느낌이 들었다. 놀라운 건 정말로 이 책을 만들고 싶어서 견딜 수가 없어졌다는 것이다. '진짜 이 기획안을 오케이 하시면, 그래서 내가 이 책을 만들어내면 얼마나 행복할까. 아 진짜 멋진 책이 될 것 같아!' 하고 흥분되기 시작했다.

프레젠테이션 결과, 저자께서는 매우 긍정적인 반응을 보이셨다. 미팅이 끝난 뒤에도, 주변 몇 사람에게 기획안을 보여주었는데 꼭 하라는 답변을 받았노라고 기쁘게 말씀해주셨다. 기존과는 확실히 다른 반응이었다. 써낸 나도, 받은 저자께서도 모두 행복해진 듯했다. 우리가 이걸 해낸다면 정말 멋지겠다, 이런 말을 몇 번이고 반복해서 주고받았다.

아마도 선생님과 나의 책이 독자를 만날 때에, 반응은 다양할 것이다. 대개는 무척이나 반가워할 것이고, 아주 극소수 '별거 아니네' 하는 이들도 있으리라. 하지만 어쩔 수 없이 계약에 묶여 만들어낸 결과물에서는 절대 찾아볼 수 없는 진심어린 애정을, 독자들은 분명히 느낄 것이다. 그 지점에 대한 피드백이 우리에게 돌아오면 출판사도 저자도 더 의미 있는 결과물을 만들어낼 힘을 얻게 될 것이다. '아, 우리가 모두 책이라는 존재 안에서 함께 행복할 수 있구나' 느끼면서. 출판사와 저자, 독자가 구성하는 이 끈끈한 스크럼이야말로, 나무를 베어내 만든 책이 가질 수 있는 최고의 의미일 것이다. 그걸 해낸다면, 책으로 할 수 있는 모든 것을 해낸 것이라 말할 수 있으리라.

독자는 나의 사랑을 느낄 수 있다. 이 생각을 하면 더 열심히 책을 만들지 않을 수 없다. 그러자면, 독자가 사랑하는 저자를 섭외해야 하고, 저자들은 독자가 읽고 싶은 글을 써주셔야 한다. 창업하고 보니 그 중요한 일을, 그간은 너무 대충 해오고 있었다. 속한 회사의 큰 덩치에 기대어서 말이다. 『설득의 심리학』에는 '상대로 하여금 얼마간은 내가 빚지고 있구나, 느끼게 하는 것이 중요하다'라는 내용이 나온다. 그 수단이 나의 친절이든, 내 전문성을 담보로 상대에게 신세를 지게 하는 것이든 방법은 다양하다. 저자와 독자가 나에게 '빚지게' 하는 방법은 하나밖에 없다. 최선을 다해 그들에게 도움이 되는 책을 고민하는 것, 그것을 최대한 정성스럽게 공유하는 것, '나에게 이렇게 진심을 쏟은 출판업자는 네가 처음이야!'라고 믿게 만드는 것. 나의 기획안이 그 첫번째 신호가 될 수 있도록 노력할 생각이다. 내 이 뜨거운 사랑이 느껴지게끔, 결국에 우리가 모두 행복하게 집어드는 책을 만들기 위해서.

> **❝**
> ## 나의 필요와 시장의 필요가 맞아떨어질 때
> ## 좋은 기획이 탄생한다
>
> **❞**

앞서 언급한 대로, 멀리깊이에서는 지난 1년 동안 (20.06.01.~21.05.31.) 총 4종 10권의 책을 출간했다. 처음 멀리깊이를 창업할 때만 해도 인문, 에세이, 어학 분야에 주력하려 했지만, 결론적으로 출간 서적의 절반을 초등 자녀교육서로 채웠다. 창업하고 첫 달 준비한 리스트는 두근두근 확장 외국어 시리즈와 몇 분 존경하는 저자들의 에세이에 방점이 찍혀 있었다. 두근두근 확장 외국어 시리즈의 성공을 확신했기 때문에 에세이 원고가 준비되어 출간되기까지 안정적으로 버텨내리라는 기대가 있었다. 그러면서 차분하게 양질의 외서도 확보해두려는 심산이었다. 그야말로 엄청난 착각이었다.

창업하기 직전인 2020년 5월까지만 해도 『지리의 힘』, 『팩트풀니스』, 『내가 원하는 것을 나도 모를 때』와 같은 인문교양과 에세이 서적이 베스트셀러 순위에 다수 분포되어 있었다. 베스트셀러 순위만 본다면, 코로나 상황으로 인해 밖으로 나가지 못하는 독자들이 차분하게 독서를 하는 듯 보였다. 그렇다면 어학 콘텐츠에도 승산이 있으리라는 것이, 더군다나 넘길 때마다 문장이 길어지는 굿즈 느낌의 어학서라면 더더욱 승부를 걸어볼 만하다는 것이 나의 생각이었다. 그러나 6월, 창업과 동시에 '존봉준의 동학개미혁명'과 같은 키워드가 무섭게 언론을 장식하더니,『존리의 부자되기 습관』,『돈의 속성』,『부의 대이동』등의 경제경영서가 빠르게 베스트셀러 순위를 점령하기 시작했다. 7월이 되자, 주식책과 자녀교육서 말고는 살아남는 도서가 없어 보였다. 두 분야의 약진은 지금 독자들이 얼마나 괴로운 상태에 놓여 있는지를 선명하게 보여주고 있었다. 다른 건 다 포기해도 절대 포기할 수 없는 두 가지 가치, '돈'과 '교육' 말고는 어떤 사치도 부릴 수 없는 상황이라는 의미였다.

'이러다 망하겠는데?'

지금 계획한 리스트대로 움직였다가는 창업과 동시에 고대로 손 빨면서 저 깊은 폐업의 소용돌이로 빠져들 수밖에 없었다. 뭔가 해야 했다. 주식책을 내자니, 돈을 불리는 데는 관심도 재주도 없는 내가 강력한 유튜브 채널과 전문성을 겸비한 저자들 틈바구니에서 살아남을 리 만무했다. 그럼 자녀교육서? 역시나 제대로 만들어 본 적은 없지만, 나에겐 두 자녀가 있고, 갑작스레 교육 전반이 온라인으로 전환된 상황에서 누구나가 당황하고 있는 와중이니, 적절한 콘텐츠만 만들어낸다면 승산이 있어 보였다.

그날부터 초등 2학년 딸아이가 온라인 수업 듣는 모습을 골똘히 관찰하기 시작했다. 담임선생님의 고생이 이만저만이 아니었다. 음소거를 하지 않은 채로 수업을 듣는 아이들 때문에 주변에 앉은 엄마들의 잔소리와 동생 칭얼대는 소리가 여과 없이 들렸고, 과제 올리는 법을 수차례 설명해도 "선생님, 사진 어떻게 올려요?" 묻는 아이들이 매시간 있었다. 수업이 시작되어도 안 들어오는 아이들 때문에 아침 한 시간은 제대로 진도도 나가지 못하는 듯 보였다. 그야말로 혼돈의 카오스였다.

'저런 상태로 수업이 되나?' 싶은 염려도 염려였지만, 무엇보다 내 아이의 수업 태도가 걱정이었다. 얌전히 듣고는 있으나, 그게 다였다. 수업 자체가 저렇게 산만하고 엉망인데, 애가 멍하니 모니터를 쳐다보는 모습을 보고 있자니, 뭔가 찜찜했다. '뭘 좀 적어가며 들어야 집중이 되지 않나?' 하는 생각에 미치자, 스마트폰에 익숙해진 요즘 아이들 사이에서 다시 독수리 타법이 유행한다는 기사를 읽은 기억이 났다. 타자는 고사하고, 필기하는 법 자체를 배워본 적 없는 아이들이 수두룩할 것 같았다.

그길로 참쌤스쿨의 좌승협 선생님께 전화를 걸었다. 참쌤스쿨은 아이들이 즐겁게 몰입할 수 있는 교육 자료를 만드는 초등 교사들의 모임이다. 지난 회사에서 함께 책을 만들었던 경험으로는, 아이들을 가르치는 일에 진정성과 사명감이 있는 분이었고, 매우 성실한 분이기도 했다. 온라인 수업을 듣는 아이들이 수업에 집중할 수 있는 노트 필기 책을 만들고 싶다고 말씀드렸다. 아직 어린아이들이 쉽게 따라 할 수 있도록 한 장 한 장 상세한 예시를 제시하는 책이었으면 좋겠다고도 말씀드렸다. 선생님은 기획 취지에 격하게 공감했고, 참쌤스쿨 내에서도 노트 필기에 특화된 선생님들을 과목별로 모셔 원고 집필에 들어갔다. 서휘경, 이윤희, 이주영 선생님 모두 아이들이 겪는 문제를 진지하게 해결하려는 진정성을 가진 분들이었다. 다들 밤낮없이 원고를 만들었고, 수시로 함께 원고 개선 방향을 논의했다. 좌승협 선생님과 전화 통화를 한 것이 7월 초, 책이 나온 것이 10월 말이었다.

책은 빠르게 종합 100위에 진입했고, 연말까지 두 달 동안 6,000부가 팔려나갔다. 해를 넘긴 올해에도 판매는 떨어지지 않았고, 글을 쓰고 있는 5월 말 현재까지 4,000부가 더 판매되었다. 6개월 동안, 그 어렵다는 1만 부 판매를 넘긴 것이다. 유명 저자들이 모인 것도 아니었고, 마케팅에 엄청난 돈을 털어넣은 것도 아니었다. 기획이 적확하다면, 그 분야를 가장 잘 아는 사람이 해당 콘텐츠를 보기 좋게 제시하는 것만으로도 독자는 구매한다는 가장 기본적인 전제가 먹힌 것이었다.

작은 출판사의 마케팅은 서점과 연간 억 단위의 노출 계약을 맺는 큰 출판사와 달라야 한다. 역량의 문제라기보다는 돈의 문제다(생각해보니 이 바닥에서는 돈이 역량 같기도 하다). 나도 처음에는 '하이 리스크, 하이 리턴'에 근거해 다소 무리가 되더라도 돈을 빵빵 써서 서점 여기저기에 책이 좀 시원시원하게 보였으면 하고 원했다. 그러나 내 속이 시원한 것과 책이 팔리는 것은 별개의 문제다. 돈을 안 쓰고 노출되는 방법은 단 하나다. 적절한 기획의 책이 잘 만든 형태로 나와주는 것이다. 지금에 와서 하는 말이지만, 안달복달하는 나를 차분하게 다독이고 뚝심 있게 학부모 커뮤니티를 공략해준 휴먼큐브 마케팅부에 고맙다는 말씀을 드린다.

# 외서 판권은
# 신중하게 사들일 것

『초등 노트 필기의 기술』이 없었다면 나는 지금쯤 어떤 몰골을 하고 있을까. 생각하기도 싫다. 1억 자본금으로 시작한 회사가 창업 후 7개월 만에 1억 매출을 올렸으니 성적 자체는 나쁘지 않았지만, 올 상반기(창업일을 기준으로 9개월 차 무렵) 멀리깊이는 적지 않은 재정 압박에 시달려야 했다. 작년 하반기에 외서 판권을 무려 3,500만 원어치나 사들였기 때문이다. 개중에는 2022년에나 원고를 구경할 수 있는 프로포절 상태의 원고가 두 개나 포함되어 있었고, 판매는 어렵겠다 싶지만 너무 내고 싶어서 내 욕망을 거스르지 못하고 사들인 원고도 있었다. 그럴 수만 있다면 당시의 나로 돌아가 정신 차리라고 모가지를 흔들고 싶지만, 어쩔 수 없는 일이다.

창업 초기, 명함도 나오기 전에 나는 부지런히 외서

에이전시들을 돌아다녔다. 직접 가서 인사드리고 이런 회사가 생겼으니 앞으로 멀리깊이에도 도서 소개 레터를 보내주십사 요청했다. 분야별 담당자에게 최근 가장 매력적이라고 생각하는 도서를 일대일로 소개받는 호사를 누리기도 했다. 아마도 자금력이 탄탄한 휴먼큐브가 법인 투자를 했다는 후광 덕분이 컸을 것이다. 그렇게 세 곳의 에이전시를 방문해서 한 달 동안 무려 70여 권의 외서를 소개받았다. 번역 업체에 의뢰해 외서 리뷰 하나를 받아보는 데만도 10~15만 원을 지출해야 하므로, 그날부터 늦게 자고 일찍 일어나면서 일차적으로 상세 리뷰를 내보낼 도서들을 분류하기 시작했다. 틈틈이 영어와 일본어를 공부해왔기 때문에 대강의 내용을 확인할 수 있는 수준은 되었다(현재에도 일주일에 한 번 영어 과외를 받고 있다. 안 그래도 바빠 죽겠는데, 작문 숙제와 단어 숙제까지 해가며 외국어를 공부하는 것은 진짜 힘들다. 그래도 하는 것과 안 하는 것은 하늘과 땅 차이다). 그렇게 걸러낸 도서들의 리뷰를 맡겼고, 하나하나 상세한 도서 리뷰가 도착하기 시작했다. 설레서 미쳐버릴 것 같았다. '아, 이 책 너무 재밌겠다!' '와, 이 책 엄청 멋있네!' 눈이 뒤집혔다. 저자가 유명하거나 수상 타이틀이 있거나 소재가 희소할수록 선인세는 천정부지로 올랐다. 그러나 싸고 좋은 물건이 세상천지에 어디 있겠는가. 이런 멍청한 생각으로 나는 멋져 보인다 싶으면 겁도 없이 판권 경쟁에 뛰어들었다. 처음에는 한 권 두 권 따낼 때마다 될 듯이 기뻤다. 그러나 세 권 네 권 늘어나며 서서히 불안해지기 시작했다. 어떤 책은 떨어지고 난 후 다시 검토하면서 '떨어지길 얼마나 다행인가!' 가슴을 쓸어내리기도 했다. 정신을 차리고 보니, 나는 독자에게 필요한 도서를 성실하게 번역해 출간하리라는 계약을 진행하고 있는 것이 아니었다. 지난 회사들에서 '이런 책을 누가 사느냐'며 매번 까이기만 했던 '멋있는 책'에 대한 그릇된 욕망을 분출하고 있었다. 멋들어진 주제와 있어 보이는 타이틀의 판권을 사는 기쁨, 그 쇼핑의 감각을 즐기고 있는 것이었다.

창업 초기 외서 기획을 할 때 나는 대체로 '이런 책이 멀리깊이에서 나온다면 다들 얼마나 멋지다고 생각할까'라는 철없는 허세에 사로잡혀 있었다. 정말 돈을 쓰는 헤비독자들은 쓸데없어도 멋있는 책을 좋아한다는 말 같지 않은 확신도 가지고 있었다. 실제로 버는 돈의 10%를 책이나 교육 콘텐츠를 사들이는 데 쓰는 내 구매

목록이 그랬다. 철학이든 심리든, 예술이든 과학이든 멋있어 보이면 척척 구매했다. 읽다가 어려워서 중도 포기한 책도 수두룩했고, 살 때 잠깐 기뻤다가 첫 장조차 들춰보지 않은 책들도, 고백하건대 꽤 된다. 저자나 출판사의 지향점이 멋있어 보이면 나무 심는 마음으로 사기도했다. 오랜 기간 자기계발서를 만들어왔던 나는 언제나인문서와 에세이에 대한 목마름이 있었다. 돈 주고 사서읽는 것 말고 나도 만들어보고 싶다는 갈망이 컸다.

창업을 하고 1년을 목전에 둔 오늘, 나는 이런 생각을 1%도 하지 않는다. 물론 멋있는 책 많이 만들 예정이다. 다만 멋있는 책의 개념이 완전히 바뀌었다. 멀리깊이가 생각하는 진짜 멋있는 책은, 독자가 확실한 책이다. "이걸 누가 읽어?"라고 물었을 때 확실한 1만 명의 얼굴을 자세하게 묘사할 수 있는 책이 멀리깊이가 생각하는멋있는 책이다. 독자 1만이라는 확실한 기준을 만들기위해서는 해당 분야에 관해 공부해야 한다. 해당 분야의전문가를 만났을 때, 그 내용을 책으로 만들기 위해서 이런 차례를 꾸리는 게 어떻겠냐는 제안을 할 수 있어야 한다. 외서 역시 마찬가지다. 제목과 저자만 보고 '욜~ 멋지네, 일단 질러!' 할 것이 아니라, 차례를 찬찬히 살펴보고 이 차례에 해당하는 내용이 국내에서는 어떻게 받아들여지고 있는지, 이걸 궁금해하는 독자층이 있을 것인지, 그 사람들이 현재까지 읽었던 책과 이 책의 내용은 어떻게 비슷하고 어떻게 다른지를 확인할 수 있어야 한다.

창업 초기에는 집필 기간이 오래 걸리는 국내서보다 이미 완성된 원고를 번역해 내가 예상한 시기에 안정적으로 출간할 수 있는 외서 출간이 여러모로 유익할 수 있다. 실제로 많은 출판사가 창업 직후 빠르게 외서를 출간하는 것으로 초기 매출 기반을 잡는다. 그러나 요즘처럼 저자의 채널 파워가 중요해진 시점에서는 저자가 국내에서 홍보할 수 없다는 것이 그 자체로 치명적인 약점이 될 수 있다. 그러니 창업 초기, 이 책 저 책 왕창 수입해다가 빨리빨리 번역해서 얼른얼른 매출을 만들고픈 욕심에 빠질 때마다, 생각하라. 창고에 쌓여 있는 순간에도 돈은 나가고, 반품이 들어오는 순간부터는 지옥이 펼쳐지리라는 것을.

혹시나 외서 기획을 한 번도 해보지 않은 분들을 위해 말씀드린다. 나의 경우 지난 회사에서부터 외서 기획을 활발히 해왔고, 휴먼큐브의 중개를 통해 에이전시 미팅을 비교적 쉽게 잡을 수 있었다. 그러나 인터넷에서 에

이전 시를 검색해 전화 한 통만 해도 판권 문의를 진행할 수 있다. 내가 해봤다. 그러니 너무 겁먹지 마시기를 바란다.

,

# 3장

# 건강한 출판인이
# 되기 위하여
:
## 깊은 강은
## 멀리 흐른다는
## 믿음

# 최전선에서 저자를
# 감싸안는 편집을 하자

이 책의 차례를 꾸리면서 편집자 역할에 대해 어느 정도 수준으로 다룰 것인지 많은 고민을 했다. 내가 편집자 출신이기도 하고 통외주 작업을 하지 않는 것이 멀리깊이의 편집 원칙인 때문이기도 하다. 실제로 지난 1년 동안 멀리깊이에서 출간한 모든 책의 담당 편집자는 나였다. 오류와 실수를 막기 위해 한 차례 크로스 교정을 외주로 진행한 것을 제외하고 별도의 편집비를 지출하지 않았다. 비용 차원의 문제라기보다는 멀리깊이가 지향하는 관계성을 훼손하지 않기 위해 내린 결정이다. 저자의 책이 출간되는 순간까지 모든 의사결정을 함께 내리는 출판메이트로서의 역할을 감당하기 위해서는, 외주자의 개입을 최소화해야 한다. 차례를 수정해야 한다면, 문장을 고쳐야 한다면 그 일차적인 결정을 내리는 것은 저자와 가장 긴밀하게 소통한 담당 편집자여야 한다. 저자와 어떤 커뮤니케이션도 없는 외주자가 이런 결정을 내리게 해서는 안 된다는 것이다. 다만 출판사마다 사정과 여건이 다르고, 저자가 중요하게 생각하는 지점도 모두 다르다. 오히려 베테랑이기 때문에 통외주 업무가 가능한 편집자들도 상당수 계신다. 그런 분들이 전문성을 발휘하는 것이 나 같은 사람의 편집 역량보다 훨씬 나을 수도 있다. 차례를 보면 아시겠지만, 나는 마케팅과 영업 분야의 전문가도 아니다. 내가 독자적인 1인 출판사를 세우지 못하고 휴먼큐브의 시스템을 공유하는 법인으로 시작한 것도 이 때문이다. 내가 생각하기에 편집자 출신들보다 마케터 출신 대표님들이 시장의 움직임을 발 빠르게 읽는 경향성도 있는 것 같다. 책이 출간된 후에 공격적인 마케팅이 이루어지는 것을 가장 큰 전제로 삼는 저자들께는 그에 적합한 출판사가 필요하다. 그 과정을 통해 더 많은 독자를 만날 수 있다면, 그 역시 출판사가 감당해야 할 중요한 임무다. 따라서 1년의 출판 생존기를 다루는 데 있어 편집 분야에 과도하게 집중하는 것은 적절하지 않다고 봤다.

최근 베테랑 편집자들의 편집론이 속속 출시되어 독

자들의 사랑을 받은 것도 나를 위축되게 만들었다. 이 책의 출간 제안을 받고 어떤 내용을 써야 할까 고민하면서 유유출판사에서 출간된 '책 만드는 법' 시리즈를 전권 읽었는데, 편집에 대해서는 이 분야별 전문가들의 조언을 참고하시기를 바란다. 특히나 평소 동경해온 출판사에서 내가 눈물을 흘리며 읽었던 다수의 책을 편집하신 김희진 편집자님의 『사회과학책 만드는 법』을 읽을 때는 심신이 쪼그라드는 기분이었다. 김학원 대표님의 『편집자란 무엇인가』를 비롯해 윗세대 편집자 출신들의 글도 참고하시길 권한다.

감히 편집 실무에 대해서는 말씀드리기 어렵지만 그럼에도 불구하고 내 나름으로 중요하게 생각하는 몇 개 지점은 기록해두고 싶다.

첫째는 제목의 중요성이다. 흔히 '제목은 최전선의 마케팅'이라고 하는데, 사실이다. 요즘처럼 유튜브에 소개된 책만 팔리는 극한의 시절에 '제목은 최전선의 마케팅' 같은 소리를 하는 것이 겸연쩍기는 하지만, 진짜 멋진 편집자는 10만 부, 100만 부가 팔리는 책을 만드는 사람이 아니라 1쇄 팔릴 책의 2쇄를 찍게끔 만드는 편집자다(이 역시 출판 꼬꼬마 시절부터 선배들께 누누이 들었던 이야기다). 도서에 대한 아무런 사전 정보가 없을 때, 매대에 놓여 있는 책을 들어서 훑을 것인지 그냥 지나칠 것인지를 판단하게 하는 첫번째 동인은 제목이다. 온라인 MD들 역시 일차적으로는 책의 제목을 보고 노출하면 팔릴 책인지 판단할 수밖에 없다. 그러니 기획안을 쓰는 순간에서 인쇄를 넘기는 순간까지, 독자가 집어들게 만드는 제목인지를 끝없이 고민해야 한다.

좋은 제목을 결정짓는 요소로는 앞서 소개한 겐조 도루의 기획의 4원칙 요소를 고대로 적용하고 싶다. 오리지널리티가 있는가, 책의 내용을 명확하게 전달하는가, 극단적일 정도로 독보적인가, 독자의 상황과 심정에 철저하게 유착되어 있는가를 고민해보자. 특히나 1인 출판사의 경우 대표가 꽂힌 제목이 그대로 책의 제목으로 출간될 경향성이 높은데, 가장 경계해야 할 것이 이것이다. 나도 지금의 출판사를 창업하고 나서 '결국 판단은 대표인 내가 하는 것이니 내가 옳다고 생각하는 제목으로 결정하라'는 조언을 많이 받았다. 반은 맞고 반은 틀린 이야기라고 생각한다. 나 박지혜의 개인 취향 말고, 독자가 집어들 책을 출판하는 출판인으로서 내린 최선의 결정인지를 의심해봐야 한다. 그만 좀 물어보라고 할 때까지 쉼없이 주변의 의견을 묻고, 밥 먹을 때도 똥 쌀 때도 계속해서 생각해봐야 한다.

간혹 외서를 번역해서 출간할 때에 원서 제목을 고대로 출간하는 것이 옳다고 믿는 분들을 만난다. 그 책이 마이클 샌델의 『정의란 무엇인가 Justice』라면 이 원칙이 맞다. 그러나 생각해보라. 미국에서 30년 산 독자와 한국에서 30년 산 독자가 경험한 문화적 배경이 다른데, 어떻게 동일한 책의 제목을 보고 동일한 수준의 매력과 호감을 느끼겠는가. 문화적 차이에 따라 제목의 매력도가 달라지는 책이라면 당연히 한국의 독자에게 맞춤한 제목을 짓는 것이 옳다.

둘째는 차례 구성에 관한 것이다. 차례는 그 자체로 책의 설계도다. 설계도 없이 대충 시공한 건물이 튼튼하고 아름답게 지어질 리 만무하다. 간혹 저자에게 원고에 대한 뚜렷한 피드백은 주지 않은 채 일단 써오면 자기들이 알아서 쳐내겠다는 이야기를 하는 편집자를 보곤 한다. 말도 안 되는 일이다. 차례는 저자에게 기획 제안을 할 때 이미 완성되어 있어야 한다. 그러려면 기획안을 작성할 당시에 저자에 대한 많은 것들을 이미 공부해둬야 하고 그 차례에 공감한 저자가 책의 집필에 착수하는 것이 올바른 순서다. 최근 해외에 있는 한 디자이너에게 기획안을 보내드린 적이 있는데, 해당 기획안을 받은 그는 어떻게 이런 차례를 구성했는지 놀랍다는 피드백을 보내오셨다. 차례를 읽으며 '맞아, 내가 이때 이랬지'라고 생각했다고. 당시 기획안을 쓰면서 나는 해당 디자이너가 속한 업계 종사자들이 쓴 여러 글을 읽고 '대체로 이런 부분을 힘들어하는구나' 파악했고, '디자인'이라는 제목자가 붙은 베스트셀러를 속성별로 분류한 후에 각각의 차례를 출력해서 도열했다. 거기에서 발견되는 키워드 배치를 참고해 우리 저자가 가진 경험과 장점을 부각하려면 어떤 순서로 어떤 키워드가 배치되어야 할지 고민했다. 함께 책을 진행하기로 한 뒤에, 저자는 내가 보낸 차례를 골격으로 자신의 진짜 경험을 반영한 수정안을 보내왔다. 이렇게 해야 시장의 요구와 저자의 특성이 반영된 차례가 완성된다. 지난 4월 출간해 두 달 만에 3쇄를 찍은 『판교의 젊은 기획자들』 역시, 출간하자마자 가장 많이 받은 피드백이 차례 구성이 탄탄하다는 것이었다. 책을 쓴 이윤주 저자의 경우, 개인 채널이 있는 것도 아니고 기존에 베스트셀러를 출간한 경험이 있는 것도 아니었다. 독자에게 알려지지 않은 신인 저자의 경우(멀리깊이 같은 신생 출판사에서 책을 내는 경우에는 더더욱) 기획의 선명함과 책의 만듦새가 거의 유일한 마케팅 포인트다. 그러니 어떤 내용을 어떤 순서로 얼마만큼의 함량을 담아 써내겠다는 이정표인 차례 구성이 더할 나위 없이 중요하다. 글을 쓰면서도 나는 과연 이에 충실했나 두려운 마음으로 돌아보게 된다. 더 잘하자고 자꾸 다짐하는 수밖에는 없다.

세번째로 문장 교열에 관한 것이다. 매끄럽게 읽히는 글을 만드는 것은 편집자의 중요한 역할 중 하나다. 특히 자기계발서와 경제경영서, 특정 분야의 전문가가 쓴 에세이의 경우 편집자의 역량이 원고의 질을 결정하는 경우가 많다. 그야말로 훈련과 연습의 영역이어서 나도 이에 대해서는 내가 제대로 해내고 있는지 자신할 수 없지만, 내가 중요하게 생각하는 노하우 하나는 공유하고 싶다. 한 꼭지의 글을 읽고 나면, 각 문단의 흐름을 살펴보자. 첫 문단에서 마지막 문단까지 각 문단을 통해 저자가 하고자 하는 말이 서서히 전진하고 있는지를 보는 것이다. 전진하다 후퇴하는 문단이 있다면 이를 앞 문단으로 이동하고, 너무 성급하게 나온 문단이 있다면 이를 뒤로 미루는 것이다. 또한 이 '서서히 전진' 원칙에 맞지 않게 솟아오른 문단이 있다면 별도의 박스 구성을 해서 참고할 수 있게 하거나 과감하게 삭제해보자(삭제한 문단에 대해서는 당연히 저자의 동의를 얻어야 한다). 이 '서서히 전진' 원칙은 문장 배열에도 적용된다. 한 문단 안에 각각의 문장이 자기 역할을 지니고 서서히 앞으로 나가고 있는지를 보는 것이다. 역행한다면 이를 앞으로 배치하고, 말은 다르지만 의미는 같아 글의 흐름을 방해한다면 두 문장을 하나로 합쳐 좀더 함량이 높은 역할을 감당하게 하거나, 아니라면 거추장스럽게 매달린 녀석을 삭제해버리는 것이다. 원고를 수정한 이후에는 저자가 이를 충분히 검토할 시간을 드리도록 하자. 나 역시 지난 출판사들에서 숨쉴 틈 없이 책을 만들 때는 저자의 의견을 충분히 듣는 편집자가 아니었음을 고백한다. 그래서 더더욱 멀리깊이에서는 저자와 깊이 호흡하려고 노력한다. 저자에게 표지 컨펌도 받지 않고 책을 내버리는 출판사가 있다고 들었는데 이런 말을 들을 때마다 '이게 정말일까?' 의심하게 된다. 말도 안 되는 일이다.

네번째로 책임감을 느끼자. 책이 나온 뒤 문제가 발생했을 때, 온몸으로 뛰어들어 저자를 감싸야 하는 사람은 일차적으로 편집자여야 한다는 각오로 책을 만들자.

우리는 심지어 대표이기 때문에, 때론 저자 대신 사과할 수 있어야 한다고도 생각한다. 그만큼 만들 때마다 신중해야 하고 원고에서 문제가 될 만한 요소가 있어 보이면 좀 불편하더라도 일차적으로는 해당 내용이 정확한지를 다양한 루트로 확인하고, 이에 대한 저자의 생각을 바로바로 묻고 피드백을 받아야 한다. '문제가 생기면 저자 대신 내가 사과한다'라고 마음먹고 책을 만들면 아무래도 원고를 대하는 자세부터가 달라진다.

저자에게 책은 어쩌면 그의 얼굴과도 같다. 적어도 그의 책을 읽은 사람에게는 책이 그의 인생과 정체성을 대변한다. 일에 치이다보면, 가장 먼저 줄어드는 것이 원고를 보는 시간이다. 게을러지려는 자신을 발견할 때마다, 나는 지금 내가 소중히 여기는 저자의 철학을 독자에게 전달하고 있다는 사실을 수시로 떠올리자.

> **66**
> **보도자료에도 기획이**
> **필요하다는 것을 잊지 말자**
>
> **99**

1인 출판사를 창업하겠다고 마음먹을 정도의 분들이라면 이미 보도자료의 달인일 확률이 높다. 따라서 구체적인 작성 지침보다는 보도자료를 어떤 관점에서 대해야할지를 적기로 한다.

멀리깊이는 다음의 구성으로 보도자료를 작성한다.

1페이지: 제목, 표지, 서지정보, 200자 해제, 추천 키워드

2페이지: 핵심 카피, 핵심 타깃이 반응할 만한 최신의 사례나 정보로 구성한 도입부, 이에 대응하는 도서의 핵심 내용

3페이지: 두 개의 보조 주제, 도서의 핵심 내용을 리스트로 정리한 박스가 있다면 수록

보도자료를 작성할 때 가장 오래 고민하는 지점은 2페이지의 도입부를 어떻게 쓸 것인가다. 보도자료는 일차적으로 언론사에 보내는 글이지만 언론사 서평의 파급력이 줄어든 요즘에는 온라인 서점 노출과 구매할 독자에게 직접 세일즈 포인트를 전달하는 기능이 더욱 중요하다. 한창 열심히 일할 때는 언론사용과 온라인 서점용 보도자료를 별도로 작성하기도 했는데, 들이는 노력에 비해 큰 효과가 없다는 생각에 그만두었다. 요즘에는 언론사 서평만큼, 어쩌면 그보다 더 중요한 비중으로 SNS 추천이 판매에 큰 영향을 미치기 때문에, 핵심 독자가 흥미로워할 만한 보도자료를 쓰는 데 더 주력하고 있다.

충성독자군이 있는 유명 저자의 글이라면 굳이 흥미로운 도입부 같은 잔기술이 필요하지 않지만, 우리같이 작은 출판사를 꾸리는 사람들이 출간하는 도서에는 엄청난 판매 기록이나 '전 세계 몇 개국 동시 출간' 같은 트로피성 문구가 들어갈 리 만무하다. 따라서 어떻게든 관심을 끌려면 그만한 노력이 필요하다. 언젠가 김학원 대표께서 보도자료도 하나의 중요한 기획이라 생각하고 접근해야 한다고 쓴 칼럼을 보았다. 형편이 어려우면 부지런하기라도 해야 살림이 필 수 있다고 생각하고 쥐가 나게 고민하는 수밖에는 없다.

온라인 수업 환경에서 필기하는 방법을 안내했던 『초등 노트 필기의 기술』의 보도자료에는 경기도의 한 직장맘 사례를 도입글로 제시했다. 초등 5학년과 6학년 연년생을 키우는 직장맘 손씨가 우연히 아이의 e학습터에 들어갔다가 반 평균 수업 참여도가 64%밖에 되지 않아 깜짝 놀랐다는 이야기였다. 한 예비 교사 카페에 고학년 담임선생님이 글을 올려 '온라인 수업에 늦거나 아예 안 들어오는 아이들을 어떻게 지도해야 할지' 하소연했다는 사례도 추가로 적었다. 직장맘 손씨의 사례는 함께 작업하던 디자이너와 수다를 떨다 듣게 된 이야기고 초등 예비 교사 카페에 올라온 글은 인터넷 검색을 해서 찾은 사례다. 한 이틀 찾았나보다.

달랑 한 문단 분량의 글을 쓰기 위해 이처럼 애를 쓰는 이유는 독자의 공감을 끌어내기 위해서다. 나와 같은 문제를 겪고 있는 사람들의 이야기만큼 감정적인 반응을 끌어내는 소재는 없다. 언론사에서 서평을 쓸 때도 유용한 소스가 될 수 있다. 이런 요소가 하나라도 더 있어야 다른 밋밋한 보도자료보다는 기사화될 가능성이 클 것이다. 마침 판교에서 유례없는 연봉잔치가 벌어졌을 무렵 출간된 『판교의 젊은 기획자들』의 보도자료를 쓰면서는, 그야말로 축제 분위기인 판교에 반해 삼성전자 내부에선 '신생 IT 기업들보다 대우가 못하다'라는 불만이 팽배한다는 신문 기사를 인용했다. '아무 문제가 없는 주류 시장은 이미 낡은 시장'이라고 정의하면서 새로운 시장의 탄생 조건을 제시한 책의 주제와 맞아떨어지는 사례였다.

책의 내용을 단순요약하기보다는 그 나름의 기획을 마친 보도자료를 작성해두면, 이를 기반으로 카드뉴스를 비롯해 다양한 홍보물을 빠르게 만드는 데도 도움이 된다. 독자가 자발적으로 책을 추천할 때에도 이런 사례가 있는 것과 없는 것의 파급력이 다르다. 기왕이면 책이 제기하는 문제의식을 독자 역시 자신의 문제라고 공감할 수 있게 만드는 것이 좋다. 책에 이런 공감대가 형성되어야, '너 이 책 알아?' 하고 주변에 추천하고 싶은 마음도 든다. 충성독자가 별건가. 책의 문제의식에 공감하는 사람이 충성독자이지 않겠나. 그러니 보도자료에도 기획력을 발휘하자. 잘 쓴 보도자료는 그 자체로 훌륭한 콘텐츠가 될 수 있다.

약간 다른 이야기일 수도 있겠지만, 작은 출판사에서 단기에 터져주는 아이템이 있느냐 없느냐는 정말 많은 것을 좌우한다. 초기에 베스트셀러가 나와준다면, 그 돈으로 선인세를 주고 괜찮은 외서 판권을 사올 수 있고, 그 책의 성공을 근거로 새로운 저자에게 기획안을 내밀 수 있으며, 인쇄비, 창고비, 배본비, 사무실 임대료, 디자인비, 광고비를 충당할 수 있다. 무엇보다 버틸 시간을 벌 수 있다. 2014년 발행된 〈기획회의〉 361호 '출판생태계 사전' 특집 칼럼에서 장동석 출판평론가는 "온라인 서점과 대형서점을 중심으로 출판시장이 재편된" 상황에서 "중소형 출판사도 아닌 1인 출판이 시장에 연착륙할 방법은 도무지 없"다고 말한다. 또한 "생명을 유지하기 위해서는 지속해서 책을 출간해야 하지만 재정적, 물리적 여건이 탄탄하지 않다"라고도 진단한다. 정말이지 그렇다. 작은 출판사가 온라인 서점과 대형서점에 신간을 노출하기란 여간 어려운 일이 아니다. 동시에 적지 않은 돈도 들어간다. 실제로 비슷한 시기 창업을 한 분들에게 '할 수 있다면 영혼까지 끌어올려서 광고를 때려야 한다'라는 당부를 몇 번이나 들었고, 책이 잘되어서 좋 겠다는 말을 하면 '광고를 많이 때려서 남는 게 없다'라 는 말도 기시감이 들 정도로 반복해서 들었다. 그나마 장 동석 출판평론가가 이야기한 출판시장의 재편은 그 7년 사이 또다시 빠르게 이루어져서, 이제는 오로지 인기 유 튜버를 잡아 책을 내는 게 아니고서는 어떤 책도 팔리지 않는 시기로 접어든 느낌이다. 그러니 결정해야 한다. 인 기 유튜버의 책을 내든지, 아니라면 정말 온갖 것에 최선 을 다해야 한다. 최선을 다해 기획하고, 최선을 다해 편 집하고, 최선을 다해 보도자료를 쓰고, 최선을 다해 홍보 해야 한다.

작은 출판사를 운영하다보면, 책을 만들고 파는 데 는 돈이 드는구나, 이 단순한 사실을 뼈에 사무치게 깨닫 게 된다. SNS 홍보 채널에 열심히 이것저것 올려봐도 매 번 '좋아요'를 누르는 사람은 내 친구, 내 전 직장동료, 같이 출판사 하는 또다른 딱한 대표들뿐이다. 아무것도 되는 일이 없어 괴롭고 곤란할 때가 한두 번이 아닐 것이 다. 그래도, 그 누추하고 궁색한 와중에도, 영 모르는 독 자가 찾아와 '좋아요'를 누르는 순간이 온다. 기획이 적절하고 편집이 말끔하고 보도자료가 흥미롭다면, 누군가는 돈 한푼 안 받고 내 책을 소개해준다. 그러니 어느 순간 열심히 기획하기를 멈추고, 저자 앞에서 내 출판사 이름을 밝히기가 조심스러워지고, 일단 배본하고 보자는 마음으로 아무렇게나 편집하게 되고, 어차피 아무도 안 볼 보도자료 대충 쓰지 싶은 마음에 사로잡힌다면, 그 이상한 자기혐오를 멈추자. 잘 만들어보자. 잘 써보자. 잘 팔아보자! 교유서가의 신정민 대표님이 언젠가 내게 말해준 것처럼, 비행기가 나는 데는 활주로가 필요하다. 그 긴 활주로를 전력으로 달려낸 에너지에 기대어서 우리의 몸은 날아오를 것이다. 그러니 지치지 말고, 더 좋은 결과물을 만들어내자고 자신을 다독여보자. 한번 날기 시작하면 큰 힘을 들이지 않고도 저절로 기류를 타는 순간을 맞을 것이다.

> **저자에게 판매대행사가 아니라
> 동반자가 되자**

나이키와 멀리깊이의 경쟁상대는 같다. 유튜브다. 2020년 문화체육관광부가 공개한 '국민독서 실태조사' 보고서에 따르면 한국 성인들의 연간 평균 독서량은 종이책과 전자책 모두를 합쳐 7.5권이라고 한다. 2017년 9.4권에서 불과 2년 사이에 20%가 줄어든 수치다. 마찬가지로 2019년 9월 한국인이 전 세대에서 가장 오래 이용한 앱은 유튜브로 조사됐는데, 3,377만 명이 8억 8,500시간을 시청했다고 한다. 2018년 9월 대비 20%가 증가한 수치다. 책을 읽기 어려운 이유를 물었더니 응답자의 29.1%가 '책 이외의 다른 콘텐츠를 이용'하기 때문이라고 대답했다고 하니, 그렇다. 우리가 만든 책을 한 권 덜 사는 대신 그 돈으로 유튜브 프리미엄 결제를 했음이 틀림없다. 우리 책을 사볼 수 있는 경제력이 있는 사람들이 그 경제력을 이용해 광고를 보지 않는 편리함을 선택하고 있으니, 책을 사줄 사람들에게 광고를 보여주는 일부터가 턱 막히게 된다.

온갖 분야를 통틀어서 1년에 7.5권밖에 안 사는데 그중 한 권이 우리 책이 되게끔 하는 일이 얼마나 어렵겠는가. 심지어 1장에 밝힌 것처럼 같은 기간 출판사들의 개수는 햄스터처럼 불어났는데 말이다. 아홉 권 사던 책을 일곱 권 사기 시작했다면, 단순하게 계산해 아홉 번 가던 서점을 일곱 번밖에 안 가게 되었다는 소리이기도 하니, 서점에서 볼 수 있는 광고 효과도 그만큼 줄어들었을 것이 뻔하다. 그러니 광고를 해도 책이 안 팔린다는 이야기가 생길 수밖에 없다.

사정이 이렇다보니, 그야말로 너도나도 인기 유튜버를 잡으려 안달인 상황이다. 실제로 나와 비슷한 시기에 창업한 출판 동료들의 성적을 보면 유명 저자와 낸 책보다 유명 유튜버와 작업한 책의 판매가 월등하게 높다. 책을 사는 사람이 줄어드니 저자빨도 동시에 줄어든 모양새다. 국내 가장 큰 문학 전문 출판사 중 하나에서 마케팅을 하는 팀장님의 이야기를 들었는데, 어떤 저자의 책을 내도 3만 부가 팔린단다. 이 주제로 쓰고 저 주제로 써도, 이렇게 홍보하고 저렇게 홍보해도, 3만 부라는 것이다. 확산도 안 되고 그렇다고 줄지도 않는 그야말로 우물 안 콘크리트 독자층이 형성된 모양새다.

초기에 터지는 책을 내는 것이 작은 출판사의 운명을 좌우한다고 하니, 우리는 모두 유명 유튜버를 찾아 돌격하는 것이 맞다. 그나마도 찾아가는 곳마다 벌써 계약이 되어 있을 확률도 높다. 나도 어서 아직 계약 안 된 유튜버를 찾아 떠나는 길이 맞다고 생각한다. 망해버리면 꿈이니 이상이니 다 무슨 소용이란 말인가. 하지만 열 권 중에 한 권은 그렇게 만들 수 있어도, 열 권 모두를 그렇게 만들 수는 없다. 실상 우리 인생에 필요한 많은 이야기가 유튜브 밖에서 벌어지고 있지 않은가. 그러니 신나게 유튜브를 디깅하는 것과 동시에 이제껏 만나지 못했던 신인작가를 찾는 일에도 그만큼의 노력을 들였으면 좋겠다. 인기 유튜버들이 안정적인 독자를 확보하고 있다면, 우리는 완벽하게 새롭고 완벽하게 창의적인 이야기를 확보한 신인작가를 모셔보는 것이다.

『판교의 젊은 기획자들』의 이윤주 저자는 나의 대학 친구다. 나보다 세 학번이 낮아 학교에서 함께 보낸 시간은 많지 않지만 졸업하고 오늘까지 15년을 친구로 지내고 있다. 대학을 졸업한 후 내가 안정적으로 출판사에서 일하고 있을 때, 윤주 저자님도 취업했다는 소식을 전해 왔다. 처음 들어보는 유틸리티 서비스 업체에 기획자로 취직을 했다고 했다. 무슨 일을 하는 곳이냐고 물어보니, 스마트폰에 들어가는 노트 애플리케이션을 만드는 곳이라는데, 아이폰이 나온 지 얼마 되지 않은 시점이라 사실 애플리케이션이 뭔지에 대한 인지 자체가 없었다. 다만, 애가 뭘 하는지도 모르는 델 들어갔다니까 일이 잘 안 풀렸나보다 하고만 생각했다. 저자님의 말로는 그때 내가 괜히 먹을 것도 많이 사주고 회사 얘기는 일절 물어보지도 않고 그랬다더라. 그러다가 어느 순간 우리가 모두 아는 교육 분야 대기업에 들어갔다길래 '야, 이직 잘했네' 생각했다. 온화하고 유순하지만, 학교 다닐 때도 유난히 똑똑하고 당찬 데가 있었다. 남들이 호주 워킹 홀리데이에 갔다고 하면 농장에서 노예처럼 일하다가 영어는 고사하고 몇 푼 안 되는 푼돈 들고 들어와 학업 일정이나 지연되고 하던 것에 반해, 저자님은 호텔에 취업했다더니 남은 학기 학자금은 물론이고 졸업 후 살 보증금까지 마련해 들어오는 식이었다. 영어 실력이 늘어난 것은 물론이고 그 와중에 호주 전역을 신나게 여행하다 돌아온 것이다. 그렇게 몇 년이 지나니 카카오에 입사했다는 소식을 전해왔고, 얼마 지나지 않아 카카오톡으로 1원 송금 링크를 보내왔다. 초기 개발자들이 서비스 테스트를 하고 있던 애플리케이션에 나를 초대해서는 계좌 개설이 쉽다고 느껴지는지, 카톡으로 송금을 할 수 있다면 이 서비스를 사용할 것인지를 물어왔다. 링크도 여러 번 보내왔는데 그때마다 뭔가 조금씩 달랐던 기억이 난다. 그때 나는 이렇게 네 자리 비밀번호만 입력해서 이체된다는 게 너무 위험하게 느껴진다, 밥값 1/N 하는 거야 그냥 현금으로 주고받거나 이체하면 되지 굳이 이렇게 보안이 취약한 계좌를 만들어서 서비스를 쓰겠느냐 같은 소리를 늘어놨다. 그러다가 카카오페이가 등장했다. 나는 지금 웬만한 이체는 다 카카오페이로 한다. 이후 가상화폐 중개소에서 꽤 많은 연봉을 받으며 일한 윤주 저자님은 어느 순간 바이오 인공지능 스타트업에서 일한다고 했다. 내로라하는 대기업에서 일하다가 왜 굳이 불안정한 스타트업에 들어가느냐, 불안하지 않으냐 물었더니 윤주 저자님의 대답이 이랬다. 대기업에서 일한다고 해서 조직이 나를 지켜주는 것은 아니라고. 비전이 보이는 사업에 뛰어들어서 내가 그걸 일군 경험이 나를 지킬 것이라고.

　나는 그의 대답을 오래 곱씹었다. 그리고 곰곰이 그의 이력을 되돌아보니, 그가 뛰어드는 사업마다 나는 그 시장이 어떤 시장인지를 전혀 인지하지 못하고 있었다. 항상 시장이 형성되기 전에 뛰어들어서 모두가 그 서비스에 익숙해지고 삶의 방식이 크게 바뀌면, 또 새로운 시장을 찾아 떠나기를 반복하며 오늘에 이른 듯했다. 그의 기획자로서 경력을 한 줄로 정리해보니 그야말로 전문가 중의 전문가였다. 나는 전화를 걸어 새로운 시장에 관한 이야기를 해보자고 했다. 지금 아무 문제가 없는 주류 시장은 이미 새롭게 형성되는 시장에 밀려날 준비가 된 낡은 시장이나 다름없지 않으냐며, 이 낡은 시장과 새로운 시장에 대한 이야기를 만들어보자고 했다. 일주일에 두세 번씩 통화해가며, 한 꼭지 두 꼭지 원고가 완성되는 족족 함께 살펴보며 방향성을 확인했다. 그렇게 탄생한 책이 『판교의 젊은 기획자들: 존재하지 않던 시장을 만든 사람들』이다. 출간 초기에는 핵심 타깃층이 많이 구독하는 유튜브 채널과 강연업체에 인터뷰와 강의 제안을 넣는 입장이었는데, 한 번 바이럴에 성공하자, 이후는 별다른 액션을 취하지 않아도 인터뷰와 강연 요청이 쇄

도했다. 여러 웹진이 광고비 한푼 받지 않고 자발적으로 상세 리뷰를 메인에 띄워줬고(메인에 떠 있는 것도 우연히 발견했다), 오디오북 플랫폼 〈윌라〉에서는 책값보다 훨씬 비싼 금액을 내야 들을 수 있는 온라인 특강도 진행됐다. KBS라디오 〈정관용의 지금, 이 사람〉(현재는 〈강원국의 지금, 이 사람〉)에 나가 인터뷰도 했다. 모두 저자 인생에 처음 일어나는 일이었다.

기획의 적확성은 몇 번을 강조해도 지나치지 않다. 독자가 듣고 싶어하는 이야기를 쓰면, 그 책은 팔린다. 우리 기획의 방점을 '인지도 높은 저자'에 둘 것인가, '들으면 사게 되는 이야기'에 둘 것인가. 거기에 따라 인기 유튜버를 찾아갈지, 속속들이 함께하며 새로운 이야기를 만들어낼 신인 저자를 찾을 것인지가 결정된다. 첫번째 갈래에서는 책을 팔게 되고 두번째 갈래에서는 책도 팔고 저자도 얻게 된다. 멀리깊이는 이미 이윤주 저자의 다음 책을 진행하고 있다. 역시 기존에 나온 바 없는 전혀 새로운 이야기로, 이 책이 나오면 다시 한번 우리에게 값진 의미가 생겨날 것이다.

# 최고의 마케팅은
# 최고의 책에서 출발한다

뒤의 인터뷰 내용을 보면 더 절절하게 느끼시겠지만, 책에 있어 마케팅의 영향력은 점점 줄어들고 있다. 역시나 독자 자체가 줄어든 탓이 크다. 책을 읽으려는 욕구 자체가 없으므로 신문 서평을 봐도 이걸 돈 주고 사서 볼 생각을 하는 이들이 많지 않다. 온라인 서점의 배너 광고, 타깃 메시지 발송, 오프라인 서점의 매대 광고 등이 전반적으로 효과가 떨어지는 이유도 이 때문이다. 돈이 없는 작은 출판사의 경우, 그나마 이들 서점 광고도 진행하기가 어렵다. 인플루언서의 SNS 홍보나, 유튜브 채널 광고 또는 출연으로 인한 판매 효과도 드라마틱하지 않다. 저자가 출연하는 데만도 몇백만 원을 지불해야 하고, 그 돈을 들여서 출연한다손 쳐도 들인 액수만큼의 책이 팔리지도 않는다. 책 소개를 전문으로 하는 바이럴 업체에

200만 원이 넘는 돈을 주고 카드뉴스 홍보를 했는데, 책이 팔리기는커녕 엄청난 악성 댓글만 달려 마음고생을 했던 적도 있다.

이전 회사에서 마케터 한 분과 대화를 나누다가 큰 충격을 받은 일이 있다. 책이 다른데 왜 매번 같은 채널에 같은 양식으로 노출을 하는지 불만을 느끼는 편집자도 있다고 했더니, 마케터들도 책을 이렇게 만들어놓고 어떻게 팔라는 건지 고충이 많다는 것이었다. 당장에는 큰 충격을 받았지만, 엄밀히 말해 틀린 말도 아니다. 그런 의미에서 가장 좋은 마케팅은 책 그 자체라는 것을 다시 한번 강조하고 싶다. 신기하게도, 잘 만든 책들은 핵심 타깃이 서점에 들어가 키워드를 검색했을 때 모습을 드러내는 것만으로도, 팔린다. 핵심 타깃이 신뢰하는 이력의 저자, 제목, 차례, 책의 주요 문장은 그야말로 구매로 이어지는 가장 효과적인 마케팅이다. 팔릴 책을 만들어야 팔 수 있는 것이다. 그러니 돈 주고 살 만한 가치가 있는 책이 나와줄 때, 마케팅을 할 수 있는 전제조건이 완성되는 것이다. 그때부터 영혼을 끌어올려 광고를 때리든 미친듯이 서평 이벤트를 제안하든 해볼 수 있는 것이다.

멀리깊이의 첫번째 출간 도서인 『두근두근 확장 영어』 시리즈는 출간 직후 한 다개국어 학습 카페 라이브 방송에 소개되어 큰 판매를 보이다가 한동안 뚜렷한 판매 실적이 없었다. 그러다 어느 날 회사 메일로 연락이 왔는데, 책이 좋아 개인 인스타그램에 소개를 해두었으니 앞으로도 좋은 책을 많이 내달라는 내용이었다. 그분의 인스타그램에 들어가보니, 단순히 책을 소개한 것뿐만 아니라 우리 책을 함께 공부할 스터디원을 꾸려서 자발적인 스터디 모임도 하고 계셨다. 얼마나 감격스러운 일인가. 이후 책이 출간되는 족족 온라인 스터디 모임이 꾸려졌고, 나와 마케팅부의 차장님도 함께 참여해 우리가 만든 책을 독자들과 함께 공부하는 시간을 가졌다. 이후 오늘까지도 꾸준히 서점 주문이 들어온다. 독자가 책의 필요를 확인하면, 굳이 사달라고 부탁하지 않아도 알아서 함께 책을 홍보해주는 것이다.

이 글을 쓰고 있는 와중에 배본한 기시미 이치로 선생의 『다시 피어나려 흔들리는 당신에게』의 경우, 책이 제작에 들어가기 전부터 문장 배달 이벤트를 기획하고 주말과 평일을 가리지 않고 SNS 홍보가 진행됐고, 네이버 포스트를 통해 출간 전 연재를 진행했다. 책을 배본하기 전부터 온라인 서점 구매가 이루어졌고, 배본 당일에는 지방의 한 서점에서 독자가 책을 찾는데 어느 유통사에 연락하면 책을 받을 수 있는지를 묻는 전화도 있었다. 요즘 같은 때에 저자가 국내에서 홍보하는 것도 아닌데, 돈 한푼 안 들이고 이런 반응이란 가당치도 않다. 이렇게 열의를 가지고 책을 대해주는 동료를 만나면, 더 열심히 책을 만들 동력이 생긴다.

어느 순간부터는 책의 기획 단계에서부터 마케팅부의 의견을 반영하고 있다. 만들 때는 아무렇게나 만들어놓고 책이 나온 다음에야 알아서 잘 팔라고 주문하는 것도 어불성설이다. 마케팅의 전문가들은 곧 기획의 전문가이기도 하다. 기획과 편집 전 단계에서 직접 팔 사람들의 의견을 듣고 이를 책에 반영하는 일이 중요하다. 실제로 『다시 피어나려 흔들리는 당신에게』는 마케팅부와 기획회의 후 핵심 타깃의 연령과 제목자의 방향성이 완전히 바뀌었다. 『판교의 젊은 기획자들』도 마케팅부의 의견을 거스르고 나와 저자가 원하던 표지로 진행했다면, 아마 두고두고 표지 때문에 팔릴 책이 안 팔렸다는 평가를 받았을지 모른다.

마케팅은 타깃 독자에 대한 이해 없이는 성공할 수

없다는 걸, 엄청난 발품과 노력을 들여야만 판매로 이어진다는 걸, 그렇게 꾸준히 기업 정체성을 구축한 뒤에라야 충성독자가 양산된다는 걸, 나는 창업을 한 후에 실감하게 됐다. 기획도 하고 편집도 하는 와중에 꾸준한 마케팅 활동을 해내기란 정말 벅찬 일이다. 유튜버 신사임당의 인터뷰를 어디선가 본 적이 있는데 그의 말 중에 정말 인상 깊은 표현이 있었다. '사람들은 돈이 되지 않는 일을 꾸준히 하지 않는다'라는 것이다. 실제로 그렇다. 보는 사람 없는 채널을 관리하는 것만큼이나 기운 빠지고 쓸모없어 보이는 일은 없다. 대부분 어느 순간에는 '내가 이렇게까지 했는데도 안 사?' 독자를 원망하며 채널 관리를 접게 된다. 나 역시 할 수 있는 선에서 멀리깊이 인스타그램과 페이스북에 꾸준히 게시글을 올린다. 단순한 홍보 글보다는 멀리깊이에서 일어나는 작고 큰 일들을 유머러스하게 전달하면서, 우리가 독자들이 필요로 하는 책을 만드는 데 얼마나 깊은 애정을 지니고 있는지를 보여주고자 노력한다. 또한 아무리 사소한 내용을 올리더라도, 카드뉴스 형태의 깔끔한 이미지 형식으로 전달하고자 노력한다. 처음엔 게시글 하나 올리는 데 한두 시간이 걸렸는데, 요즘엔 10분도 걸리지 않는다.

횡설수설 쓰기는 했지만, 결론은 최고의 마케팅은 최고의 책에서 출발한다는 것이다. 기획 단계에서부터 '독자가 살 책'에 방점을 찍고 독자의 니즈를 이해하려는 노력을 게을리하지 말자. 돈으로 판매를 끌어올리는 일은, 그다음의 문제다.

## " 함께 일하고 싶은
## 사람이 되자

"

내가 봤을 때 출판은 관계 비즈니스의 정점에 있는 산업이다. 만들려는 책의 의미와 가치가 돈만큼의 우선순위를 점하는 곳이다. 따라서 신뢰할 수 있는 출판인이 되는 것이 몇천 자본을 통장에 쌓아두고 있는 것보다 더 많은 책을 만들 수 있는 동력이 된다.

함께 일하고 싶은 사람이 된다는 것은 첫째로 저자에게 내 원고를 맡기고픈 출판인이 된다는 말이다. 저자가 실현하려는 철학과 목표를 깊이 이해하고 있어야 한다. 분야가 무엇이든 상관은 없다. 책의 목표가 돈 버는 법을 아는 것이든, 자녀를 잘 키우는 법을 배우는 것이든, 환경 문제를 개선하거나 인류의 선한 양심을 일깨우려는 것이든 중요한 것은 저자가 전하려는 메시지를 정확하게 이해하고 있는 출판인이 되는 것이다. 그러려면 저자의 전작과 사회적인 활동이 어떠한지를 파악하고 있어야 한다. 낯선 누군가와 이 저자에 관해 이야기할 때, 적어도 그가 책을 통해 이루려는 바는 무엇인지 그 구체적인 실천방안을 저자는 무엇이라 말하는지를 속속들이 설명할 수 있어야 한다. 그래야 독자들에게도 어필할 수 있는 기획, 제목, 차례, 내용, 보도자료를 꾸려갈 수 있다. 저자 자신도 모르는 장점을 책으로 승화시키는 출판인들도 많다. 그런 출판인들을 대할 때면 저자도 고마운 마음을 갖는다. 저자와 이런 관계성을 맺게 되면, 출판사의 규모와 이름은 중요해지지 않게 된다. 간혹 편집자가 이직하면 저자 역시 출판사를 이동해 자기 작품을 출간하는 경우가 있는데, 아마도 이는 해당 편집자에 대한 저자의 신뢰가 있기 때문일 것이다. 그러니 출판사의 입장에서도 편집자가 저자를 빼갔다는 욕을 하기 전에, 그 편집자가 지닌 신뢰성을 출판사가 지니고 있는지를 점검해봐야 한다.

둘째로 함께 일하고 싶은 사람이 된다는 것은 내가 만든 책이 더 많은 독자를 만날 수 있도록 함께 노력할 만한 가치가 있는 사람이 된다는 말이다. 같이 있으면 재밌는 사람이 되라거나 마음 편한 상대가 되라는 말이 아니다. 진심으로 책을 만들고 있는지, 함께 일하는 동료들을 전문가로 존중하고 있는지 점검해봐야 한다. 책의 저자와 내용이 뭔지도 모르면서 책을 만들고 팔겠다는 동료에게 내 귀한 업무시간을 들여 최선의 결과물을 제공하기란 쉽지 않다. 영혼에서부터 거부감이 들 것이다. 간혹 대표 중에는 편집자, 디자이너, 마케터가 최선의 노력을 들여 가져온 결과물을 두고, '됐고 이렇게 바꿔'라고 주문하는 사람들이 있다. 기본적으로 니들 생각은 다 설익었고, 나 정도 되는 사람이 내는 의견이 무조건 맞다고 생각하는 것이다. 이런 인간들이 바로 최악의 동료다. 함께 일하고 싶은 마음이 들지 않는 것은 물론, 독자가 살 책이 아닌 대표 맘에 드는 책을 만들게 되어 결과적으로 일에 대한 보람도 사그라들 확률이 높다. 일할 마음이 없는 직원들 사이에서 대표인 나 혼자 분투하고 있다는 생각이 든다면, 돌이켜보자. 나는 같이 일하고 싶은 동료인가? 최근 출판인들이 모여 각 출판사에 대해 평가를 하는 오픈 채팅방이 열렸다는 이야기를 들었다. 링크도 받았는데 차마 들어갈 생각은 못하고 그 안에서 나왔다는 평가 내용을 봤는데, 거기에 언급된 내용이 사실이라면 대한민국에서 출판사를 꾸려가는 많은 대표가 착각하는 것이 있어 보였다. 출판사에서 함께 일하는 직원들은 책을 만들고 파는 사람들이지 내 재산 불려주는 종놈들이 아니다. 나도 전문가가 되어야 하고 상대도 전문가로서 대해야 한다. 그 분위기에서 같이 좋은 책을 만들 동력이 생긴다.

책의 초반에 밝힌 대로, 내가 창업을 결심했던 큰 동기 중 하나는 '내가 책을 만든다고 하면, 도와주는 사람들이 있구나'를 깨달았던 일이다. 책은 혼자서 만들고 팔 수 있는 상품이 아니다. 아무리 혼자서 시작을 하더라도 믿을 수 있는 저자, 기획자, 편집자, 디자이너, 마케터, 번역가, 인쇄·제본·유통전문가들의 도움 없이 생존할 수 있는 출판사는 없다. 호기롭게 으쌰으쌰 사업을 시작했다가도 파트너와 싸우고 나서 쉽게 해체되는 출판사를 여럿 봤다. 최악의 상황에서도 내가 함께 일하고 싶은 사람이기만 하다면, 언제든 기회의 실마리를 잡을 수 있는 곳이 출판업계다. 말마따나 내 의견을 존중하며 나를 전문가로 대해주는 사람에게 주는 시안과, 여기 글자는 궁서체로 하고 여기 동그라미는 네모로 바꾸라고 함부로 지시하는 사람에게 주는 시안은 같을 수 없다. 이런 하나하나의 요소가 모여 좋은 책을 만들고, 더 많은 독자를 만나고, 매출이 되어서 더 많은 책을 만들 시간을 벌어준다. 안 그래도 박봉과 살인적인 노동시간에 시달리는 서로를, 책이라는 이상 하나 품고 이 영세한 업계에 들어와 자기 청춘을 갈아넣으며 버티고 있는 서로를, 더욱 소중히 대하자.

# 잔고를 수시로
# 확인하자

아마도 처음 출판사를 시작하려는 분 중에는 사업에 대한 어떤 감각도 없이 단순히 책을 만드는 게 좋아서, 아니면 본인의 역량이 충분하다고 판단했기 때문에 다니던 곳을 뛰쳐나와 독립한 분들이 있을 것이다. 내가 1년 해본 경험으로는, 출판을 한다는 것은 잔고가 얼마인지를 매일 확인하는 세계에 들어섰다는 말과 다르지 않다.

책을 한 권 만들려면 기획에서 제작, 배본에 이르기까지 엄청나게 세분된 작업을 모두 진행해야 한다. 얼추 따져봐도 기획, 출판권 및 해외 판권 계약, 편집, 디자인, 제작, 배본, 홍보, 마케팅의 전 과정을 책이 나올 때마다 반복해야 하는데, 이 모든 과정에 돈이 들어간다.

창업 초기에는 관리 전반을 투자사인 휴먼큐브에 맡긴 상태였기 때문에, 내가 신경쓸 일은 없겠거니 생각하고 오로지 콘텐츠 쇼핑에 신이 나 있었다. 실제로 일 단위로 잔고 상황이 공유되었기 때문에 매번 잔고 파일을 열어보면서도 '우왕, 아직도 돈이 이렇게 많네!'라는 생각뿐이었다. 몇 년은 기다려야 원고를 받을 수 있는 프로포절 상태의 해외 판권을 비싼 돈 주고 마구 사들였다. 책을 만들어내는 속도도 혼자 편집하는 출판 규모에 맞지 않게 엄청나게 빨랐기 때문에 쉴새없이 제작이 돌아갔다. 그러자 해외 판권의 선인세와 몇 권의 신간과 중쇄 제작비를 지급해야 하는 시기가 일시에 몰렸고, 그 많던 잔고가 어느새 다 사라져버렸다. 그 사이 몇 차례 '판권 계약이 너무 성급하게 이루어지는 것이 아닌가?' 하는 휴먼큐브의 점잖은 경고가 있었으나 산뜻하게 무시했다. 그러자 외주업체 비용을 지급하느라 내 월급을 못 받는 상황이 생기고 말았다.

지금 얼마가 있고 다음달, 또 그다음달에 얼마가 나가야 한다는 감각 없이 책을 만들다보면 자금 압박에 시달리는 것은 한순간이다. 이런 다급한 상황에 놓이게 되면 발생하는 가장 큰 문제는 일단 엄청나게 우울해지고 두번째는 거래처와의 신뢰가 무너지며 세번째는 터지는 책만 바라고 일하게 된다. 혼자 일하는 회사에서 우울감에 빠지게 되면, 회사의 모든 업무가 정지된다. 사무실에 나와 일하는 대신 집에서 웅크려 맥주나 홀짝이면서 처지를 비관하게 된다. 돈을 못 벌어서 우울해지는 바람에 더 돈을 벌기 어려운 상황으로 기어들어가는 것이다. 동시에 거래처 대금을 지급하기로 한 날짜에 이를 지급하지 못하게 되면, 안정적인 동반자 관계도 훼손된다. 일한 값을 약속한 날짜에 주지 않는 것 자체도 문제지만, 믿을 수 있는 협력사 명단에서 제외되는 일도 장기적으로 좋을 리가 없다. 또한 이제껏 준비하던 아이템 대신, 팔리는 다른 책들은 뭐가 있나 기웃거리면서 나도 저런 책을 한번 내볼까 남의 아류를 만들 생각을 하게 된다. 단기에 빨리 만들 수 있는 걸 찾으려고 혈안이 된다. 이런 책을 내게 되면 가장 먼저 훼손되는 것이 관계성이다. 독자가 생각하는 멀리깊이, 저자가 믿어도 좋은 회사라고 생각하고 원고를 준 멀리깊이, 실제 시장에서 책을 팔아야 하는 마케터가 지향하는 멀리깊이의 정체성이 흔들린다.

계약금과 외주비, 제작대금, 물류비 등 굵직한 지출 항목들은 꼼꼼하게 계산하고 있다가, 들어올 도서대금 상황에 맞추어서 특정 시기 잔고는 어느 수준일지를 잘 계산하자. 거기에 맞춰서 도서 출간 계획도 세우고 외주

일정도 짜고 번역 발주 시기 등도 고려하자. 처음에는 뭐가 뭔지 모르겠는 지표들을 보며 눈알 아프다는 생각밖에는 들지 않다가도 어느 순간 이달에는 수입이 얼마겠구나 지출이 얼마겠구나 그래서 남는 잔고가 얼마겠구나를 서서히 감으로 익히게 된다. 매일 1년을 봐야 나 같은 멍청이가 통장에 얼마가 왜 있는지를 파악하게 된다. 그러니 각자의 경제 감각을 고려해 수시로 잔고 상태를 파악하도록 하자. 돈이 막히면 책도 막힌다는 사실을 수시로 생각하자.

# 잘 버티고 잘 해낼 수 있는
# 출판인이 되자

아, 드디어 마지막 꼭지에 도달했다. 나의 이 설익은 조언들로 창업에 대한 약간의 감각이나마 익히게 되셨는지 모르겠다. 아마 창업 생각이 뚝 떨어지신 분들도 있을 것이다. 그 역시 이 책의 큰 쓸모 가운데 하나다. 다니던 회사를 계속 열심히 다니시는 것도, 인생의 크나큰 실패를 방어하는 현명한 선택일 수 있다. 그럼에도 불구하고 창업에 대한 열정이 식지 않으신 분들께 마지막으로 드리고 싶은 말씀은 부디 건강하시라는 것이다.

작은 출판사를 시작했다는 것은 일이 잘될 때는 엄청난 노동 강도에 시달린다는 의미이고, 일이 안 될 때는 감당하기 어려운 스트레스에 시달린다는 의미이다. 실제로 신나게 기획하고 원고 수급을 하던 초창기에는 아침에 눈을 떠서 잠들기 직전까지 일했고 자다가도 일어나서 일했다. 그리고 자금 압박에 시달려 월급도 받기 어려운 지경에 이르렀을 때는 불안함에 일이 손에 잡히지를 않고 밤에 잠도 자지를 못했다. 자다 일어나서 뭘 한다는 점에서는 둘의 양상이 같았는데, 자다 일어나 일을 할 때도 자다 일어나 혼자 울며 비관에 빠질 때도 가장 힘든 것은 몸이었다.

이 시기 내가 그래도 함께 일하는 사람들에게 함부로 굴지 않고 마음을 다잡을 수 있었던 것은 요가의 영향이 컸다. 저녁 일정이 없는 한 매일 6시 40분 또는 9시 요가 수업에 들어갔는데 죽을 것처럼 괴로운 마음으로 수업을 시작했다가도 한 시간 수련이 끝날 즈음에는 열심히 해보는 수밖에는 없다고 차분하고 단단하게 마음먹을 수 있었다. 그렇게 집으로 돌아오는 길에 남편에게 감사하다는 문자를 보내기도 하고, '나 잘하고 있는 거겠지?' 믿고 있는 동료들에게 전화하기도 하고, 다짐의 글을 SNS에 올리기도 했다. 대부분은 그래서 지금 잡은 책의 제목은 무엇으로 해야 할지, 기획안의 큰 틀은 어떻게 잡아야 할지, 저자께는 뭐라고 메일을 드려야 좋을지 고민했다. 집에 도착해서 해당 내용을 기록해두거나 바로 일을 했다.

전에 다니던 회사에서 둘째를 낳고 복귀했을 때, 일할 수 있는 시간은 줄고 업무량은 많아져 정말 고통스러웠던 시기가 있었다. 그때 『미생』의 윤태호 저자가 한 인터뷰에 엄청난 깨달음을 얻었다. 수시로 찾아오는 마감 일정 때문에 스트레스를 많이 받으실 텐데 힘들 때마다 어떻게 극복하시는지를 물었더니 윤태호 작가님의 답변이 이랬다. 할일을 한다는 것이다. 스트레스를 푼답시고 할일을 하지 않고 시간을 낭비하게 되면, 더 큰 스트레스가 찾아올 수밖에 없다. 할일을 제대로 해내기 위해선 무엇보다 중요한 것이 체력이다. 잔고가 바닥나 월급도 안 들어오는 와중에 허리가 아프다고 생각해보자. 그 귀한 시간에 누워 있어야 한다니, 생각만 해도 답답하다. 그러니 각자 자기 마음과 육체의 건강을 지키기 위한 루틴을 꼭 만들고 이를 지키자. 나의 경우 요가였지만, 수영도 좋고 걷기도 좋다. 일이 주는 압박과 스트레스로부터 나를 완벽하게 차단하고 오직 내 몸과 마음의 건강에 집중하는 시간이 하루에 한 번은 있어야 한다.

동시에 책을 많이 읽자고 권해본다. 건강한 출판인이 되는 데 책만 한 영양제는 없다. 특히나 참고서적을 많이 읽고, 남는 시간마다 내 영혼에 자유를 선사하는 다양한 분야의 책을 읽자. 『판교의 젊은 기획자들』을 만들때는, 내가 잘 모르는 분야였기 때문에 기획 단계에서부터 저자가 추천하는 해당 분야의 고전과 베스트셀러를 고루 읽었다. 읽으면서 작게는 낯선 용어의 띄어쓰기를 바로잡기도 하고 크게는 차례의 순서를 잡고 저자의 출간 목표에 맞는 결론을 함께 도출해나가는 데도 큰 도움을 받았다.

무엇보다 책에 대한 애정을 유지하는 데 잘 만든 책을 읽는 것만큼 중요한 행위는 없다. 힘들고 괴로운 마음이 수시로 찾아들 때, 이대로 그만두는 게 차라리 내 인생과 주변의 행복을 위해서 나은 선택이 아닐까 흔들릴때, 잘 만든 책을 마주하고 나도 언젠가 이런 책을 만들수 있으리라 기대하는 것만큼 책에 대한 확신과 애정을 다잡는 행위는 없다. 책이 좋아야 책을 만드는 동력이 생긴다. 책을 사랑해야 다시 책을 만들 무모한 용기가 솟아난다.

마지막으로 외국어 공부를 꾸준히 해보시라 권하고싶은데, 납득하실 분들이 계실지 모르겠다. 정말 바쁘고짬이 나지 않는 생활일 수밖에 없지만, 작은 출판사에서외서를 검토하고 번역서를 내는 일은 너무나 필수적인 업무다. 이걸 모두 돈 주고 남에게 맡긴다고 치면 감당할 수 없는 일이 되고, 에이전시를 통해 소개되는 도서 말고 내가 직접 해외 서점에서 찾아내는 아이템들이 우리 출판사의 정체성에도 맞고 저렴하다. 혼자 하시려면 정말 엄청난 의지력이 아니고서는 흐지부지되기 쉬우니, 선생님을 모셔서 일정한 시간에 정기적으로 공부하시기를 권한다.

# 현명하게 선택하기보다 멍청한
# 선택을 하지 않도록 노력하는 것이 중요하다

나의 경우 법인으로 회사를 시작해 제작, 마케팅, 관리 전반을 휴먼큐브에서 대행했기 때문에 창업하려는 분들이 궁금해하는 첫 서점 거래와 마케팅 관련 사항에 대해 알찬 정보를 제공하기 어렵다. 따라서 그냥 모른다고 하기보다는 중견 출판사로 브랜드를 일궈낸 창업 선배를 만나 인터뷰를 진행하고 관련 정보를 독자들께 제공하기로 했다. 인터뷰를 진행한 분은 프롤로그에서 밝혔듯이 한때 나의 부서장이셨던 스몰빅미디어의 이부연 대표님이다. 돌이켜 보면 대표님 밑에서 처음으로 편집과 기획 업무 전반을 체계적으로 배운 것 같다. 이 인터뷰를 통해 작은 출판사를 꾸리며 지켜야 할 방향성을 다시 한번 점검할 수 있었다. 아마 이 글을 읽고 있는 분들에게도 마음을 다지는 계기가 될 것 같다. 나의 질문은 '문'으로 대표님의 대답은 '답'으로 표기한다.

**문:** 요즘의 출판시장을 어떻게 진단하시는가.

**답:** 2021년이 가장 혼란스러운 해인 거 같다. 출판시장이 코로나가 막 발생한 2020년에는 그럭저럭 버텼지만 2021년에 들어와서는 분위기가 많이 바뀐 느낌이다. 아이들이 학교에 가지 못하면서 아동책은 그나마 선방을 하는 모양새지만 성인 단행본의 수요가 많이 떨어지고 있는 듯하다. 그래서 출판 경력이 꽤 된다는 사람들조차도 지금 상황에서는 어떻게 기획을 해야 할지 많이들 혼란스러워하고 있다. 최근 잘된다고 하는 출판사를 들어본 적 있나?

**문:** 하나도 없는 거 같다(웃음). 저도 창업을 할 당시에는 오랜 로망이었던 인문과 에세이 분야를 내보겠다고 시작을 했지만, 막상 창업하고 보니 주식과 자녀교육이 아니고서는 전혀 살아남는 책이 없는 것을 보고 급하게 자녀교육서를 출간했다.

**답:** 자녀교육서를 선택한 것은 잘한 일로 보인다. 코로나로 인한 언택트 경향 때문에 유튜브의 영향력이 막강해졌다. 사람들이 다들 유튜브만 보니 저자도 유튜브에서 찾고 출판

광고도 유튜브에 하는 형국이다. 요즘 우스갯소리로 출판이 유튜브의 굿즈로 전락하는 건 아닌가 하는 얘기까지 들린다. 하지만 구독자가 많은 유튜버가 책을 냈다고 해서 무조건 잘 팔리는 건 아니다. 구독자야 많을수록 판매에 도움이 되겠지만 유튜버와 책의 성격이 어우러져야 제대로 팔릴 수 있다.

출판에 또다른 위기 요인이 있는데, 책을 읽는 사람보다 책을 쓰려는 사람이 훨씬 많이 늘었다는 것이다. 출간되는 책의 종수가 늘어나다보니 책의 평균 판매 부수는 떨어진다. 그렇지 않아도 출판의 규모가 조금씩 줄어들고 있는 상황인데, 출간 종수가 늘어나고 출판사의 숫자가 늘어나는 건 기존 출판사 입장에서는 악재다.

이 모든 상황이 코로나가 끝나면 개선될까? 코로나가 끝났다고 책 읽는 인구가 늘어나거나 책 읽는 시간이 늘어나지는 않을 듯하다. 코로나가 끝나면 아마 사람들은 그동안 다니지 못했던 여행을 다닐 것이다. 유튜브로 인해 줄어든 독서 시간이 다시 여행하는 시간으로 상쇄된다면 결국 줄어든 독서 시간은 그대로이거나 오히려 더 줄어들 수도 있다. 결국 출판사 입장에서는 변화된 상황에 맞는 책을 기획하는 것만이 살아남는 방법이다.

**문:** 요즘처럼 엄혹한 시기에 1인 또는 2인 규모의 작은 출판사가 많아지는 현상은 어떻게 보시나.

**답:** 지금과 같은 상황에서는 출판 창업을 추천할 수 없다. 굳이 출판사를 해보고 싶다면 출판사에서 최소 5년 이상을 일해보고, 스스로 확실한 기획력이 있다고 판단될 때 뛰어드는 것이 좋다. 하지만 그마저도 권장하지는 않는다. 출판업은 진입장벽이 낮아서 경쟁이 심하고, 베스트셀러에 대한 의존도가 매우 높은 업종이다. 책을 많이 내서 출판사가 생존하던 시대는 저물었다. 손익분기점도 맞추지 못하는 책을 계속해서 내게 되면 오히려 더 빨리 망할 수도 있다. 하지만 그렇다고 출간하는 책의 종수가 너무 적으면 베스트셀러를 만들 확률이 그만큼 낮아지기 때문에 그것도 문제가 된다. 결국 시대의 흐름을 따라가는 기획력이 관건이다.

다른 업종도 마찬가지지만 출판에서도 앞으로는 양극화가 가속화될 것이다. 즉 대형출판사는 더 커지고 중소형출판사들은 더 자금 압박에 시달릴 가능성이 크다. 1980~90년대만 해도 평균 발행 부수가 5,000부가 넘었다. 하지만 지금 현재 평균 발행 부수는 1,200부 정도밖에 안 된다. 손익분기점도 맞추지 못하는 발행 부수다. 상황이 이러하니 출판 창업은 매우 신중해야 한다.

**문:** 처음 서점 계약을 한다면 어느 정도 수준을 목표로 잡는 것이 좋을까?

**답:** 거래처가 많을수록 매출이 느는 것은 사실이다. 하지만 거래처가 많다고 이익이 늘어나는 것은 아니다. 특히 오프라인 도소매점은 책이 팔리지 않으면 반품 또한 늘어나기 때문에 관리 가능한 적정 범위 내에서 계약하는 것이 좋다. 얼마 전 서울문고가 부도났다. 나는 이것이 오프라인 서점들의 현실을 보여주는 상징적인 사건이라고 생각한다. 오프라인 도소매점 중에는 매출이 안 나와 힘들어하는 곳이 많다고 들었다. 이런 거래처들에 배본을 많이 하면 반품률도 덩달아 올라간다. 어떤 책이든 잘 팔리면 문제가 안 되지만, 안 팔릴 때는 크게 문제가 될 수 있다. 예를 들어 100부를 배본해야 할 곳에 500부를 배본했다고 하자. 그런데 실제로 책이 100부밖에 팔리지 않았다면, 안 팔린 400부는 다시 돌고 돌아 창고에 쌓이게 된다. 그 과정에서 발생한 물류비, 반품비, 재생비는 출판사가 감당해야 한다. 오프라인 서점의 경우 팔리지 않은 책이 많아지면 심할 경우 반품률이

50%가 넘어가기도 한다. 그 때문에 거래처는 감당할 만한 수준으로 적정하게 정하는 것이 좋고, 배본 또한 무리하지 않는 게 좋다.

지금 오프라인 서점은 예전의 기능을 많이 잃어버렸다. 예전에는 사람들이 크고 작은 동네서점에서 책을 찾고 고르고 했지만, 이제는 대부분의 사람이 미디어나 SNS를 통해 책을 추천받고 구매 결정을 한다. 모든 사람이 그러는 것은 아니지만 지금 오프라인 서점은 책을 고르는 곳이 아닌, 책을 구매만 하는 곳이 되어버린 듯한 느낌이다. 이런 상황에서 작은 출판사들이 오프라인 서점 거래에 집중한다는 것은 너무나 리스크가 크다.

**문:** 첫 책을 출간하기 전과 후 가장 필수적으로 해야 하는 효과적인 마케팅은 무엇이라고 생각하시는가?

**답:** 애초에 기획할 때 마케팅을 할 수 있는 저자를 섭외하는 것이 가장 좋다. 출판사 자체적으로 마케팅을 해서 베스트셀러를 만드는 것은 현실적으로 매우 힘든 상황이 됐다. 출판사에서는 기껏 한다는 것이 유튜브 광고를 만들어 올린다거나 인스타그램에 노출하는 것인데, 그런 광고 및 홍보 활

동을 통해 베스트셀러를 만드는 것은 매우 힘들다. 그런 상황을 대부분의 출판사가 잘 알고 있기 때문에 유명 인플루언서를 저자로 잡기 위한 경쟁이 치열해지고 있다.

**문:** 그게 정말 고민이다. 애당초 살 사람을 보유하고 있는 저자를 섭외하는 것 말고는 방법이 없어 보인다. 그런데 여기서 발생하는 갈등이, 이미 유튜브에 다 있는 콘텐츠를 책으로 옮기는 것이 무슨 가치인가 싶은 생각이 드는 것이다.

**답:** 그러니 굿즈라는 표현을 쓰는 것이다(웃음). 하지만 유튜브 이전에도 인플루언서는 존재했다. 다음 카페, 네이버 블로그, 페이스북, 트위터, 인스타그램 등 어떤 SNS가 유행하면 그 유행의 중심에서 저자를 찾곤 했다. 지금은 유튜브가 제일 강력한 SNS이기 때문에 유튜브에서 저자를 찾는 것이다. 물론 모든 저자가 유튜브에 있는 것도 아니고, 다른 경로나 과정을 통해서도 얼마든지 저자를 발굴할 수 있다. 다만 마케팅의 측면에서 볼 때 막강한 힘을 가진 유튜버가 유리하다는 것이다. 그리고 SNS에 있는 콘텐츠와 책의 콘텐츠는 당연히 다르다. SNS의 콘텐츠를 어떻게 책의 콘텐츠로 만들 것인가는 기획자의 역량이다. 어떤 경우에는 SNS

에 있는 내용을 많이 고치지 않고 그대로 가져와도 되는 경우가 있는가 하면, 새롭게 가공하고 구성해야 하는 경우도 있다. 그건 출판시장과 SNS시장을 결합하는 과정이다.

**문:** 그렇게 유능한 유튜버의 책을 출간하고 난 후 폭발적으로 이를 팔았다고 치자. 그 판매가 한 달도 가지 않는다. 그럼 이렇게 단기간에 팔리고 마는 책에 대한 회의가 또 드는 것이다.

**답:** 우리가 출판계약서의 계약 기간을 5년으로 잡는 이유는 5년 정도는 계속 책을 팔겠다는 것이다. 5년을 계약 기간으로 잡는 중요한 이유는 모든 책이 5년 동안 팔리기 때문이 아니다. 이는 출판시장의 본질과도 관련된 문제인데, 책 시장은 전형적인 80/20 시장이다. 전체 매출의 80%를 20%의 책이 가져간다는 것이다. 심할 땐 90/10이 될 수도 있다. 또 단행본 시장에서 평균적으로 출간된 책의 60~70% 정도는 초쇄도 팔지 못하고 적자를 본다. 실제로 수익을 내는 책은 출간된 책 가운데 10~20%에 불과한데, 그 10~20%의 책이 수익이 나지 않는 나머지 책들의 적자를 메꾸는 것이다. 그래서 수익이 크게 나는 책은 5년 정도를 팔 수 있어

야 전체적인 적자를 상쇄할 수 있다.

하지만 이제는 5년이라는 계약 기간이 얼마나 의미가 있는지 모르겠다. 팔리지 않는 책은 출간과 동시에 죽어버린다. 배본을 하고 한두 달이 지나면 주문이 들어오지 않는 것이다. 세상이 빠르게 변화하고 SNS가 널리 퍼지면서 책의 수명이 과거보다 반으로 줄어든 듯한 느낌이다. 심지어 10만 부가 팔리는 책도 1년 정도가 지나면 급격하게 판매가 떨어진다.

책을 만드는 데는 어느 정도 시간이 필요하다. 적게는 몇 개월에서 많게는 1년 넘게 걸리기도 한다. 그런데 책의 수명이 1~2개월에 불과하다면 어떻게 되겠는가? 하지만 책의 수명이 짧아지는 건 이제 숙명으로 받아들여야 할 거 같다. 그래서 출판에서 기획력과 마케팅 능력이 더 중요한 시대가 되었다.

**문:** 아예 기획 단계에서 팔릴 책을 만드는 것이 유일한 마케팅 방법이라는 말이 맞는 말 같다.

**답:** 유일한 것은 아니지만 매우 중요한 것은 맞다.

**문:** 매출이 발생하는 족족 제작비, 인세, 외주비, 마케팅비로 모두 빠져나가 남는 것이 너무 없다. 출간 후 6개월 내에 1억가량의 매출이 났음에도 잔고 상황은 좋지가 않았다. 외서 판권을 사들인 탓도 큰 것 같은데, 공격적으로 책을 만들면서도 잔고를 안정적으로 꾸리는 나름의 비법이 있는가?

**답:** 오래 버텨주는 스테디셀러를 많이 만들어야 한다. 하지만 대부분의 스테디셀러는 베스트셀러가 된 다음에 만들어진다. 즉 최초에 베스트셀러가 되어야 스테디셀러도 될 수 있다는 뜻이다. 출판사를 처음 차리면 비용을 쓰는 것에 신중해야 한다. 처음 책을 한 권 만드는 데 들어가는 비용은 많지 않지만, 출간하는 책이 늘어갈수록 비용은 기하급수적으로 늘어난다. 그 때문에 기획이나 제작에 드는 비용을 최소화하는 것이 중요하다. 또 외서의 경우 선인세나 번역비가 고정비로 들어가야 하므로 국내서를 진행할 때보다 비용 부담이 훨씬 크다. 외서는 선인세가 비싼 것은 피하고, 내용도 좋으면서 저렴하게 계약할 수 있는 것 위주로 계약하는 것이 좋다.

하지만 비용 절감보다 더 중요한 것은 기획이다. 기획을 잘해서 최소 1년에 한 권 정도는 베스트셀러를 만들어야 한다. 베스트셀러를 만든다는 것이 꼭 10만 부 이상의 베스트셀러를 만들어야 한다는 것은 아니다. 조직의 규모에 맞는 베스트셀러를 만들어내면 된다. 대형출판사의 경우 10만 부짜리 베스트셀러도 크지 않아 보일 수 있지만, 작은 출판사라면 1~2만 부짜리 베스트셀러도 크다. 조직의 규모에 맞는 베스트셀러를 만들어내서 그동안 팔리지 않았던 책의 적자를 상쇄시키고 이익을 내야 한다. 그다음에는 그 이익을 잘 관리하여 재투자하는 것이다.

**문:** 출판 창업을 하고 싶은 사람들이 가장 중요하게 생각해야 할 것에 대해 한말씀 해주신다면?

**답:** 기획에 자신이 있는 사람만 시작해야 한다. 그리고 첫 책에 심혈을 기울여야 한다. 첫 책이 잘돼야 시간을 벌 수 있다. 출판 창업자가 베스트셀러를 만든다는 것은 돈을 버는 것이 아니라 시간을 버는 것이다. 초쇄로 2,000부를 찍는다고 가정해보자. 그리고 그 책을 만드는 데 3개월의 시간이 걸린다고 해보자. 만약 베스트셀러가 되지 못하고 초쇄 정도만 팔았다면, 1년에 네 권의 책을 8,000부 판 셈이다. 그런데 첫 책을 잘 만들어서 10만 부짜리 베스트셀러가 되

었다고 해보자. 10만 부가 팔리면 수익도 크겠지만 그보다 더 중요한 것을 얻는다. 10만 부짜리 책은 2,000부짜리 책 50권을 만드는 것과 같다. 1년에 네 권의 책을 만들 수 있다고 치면 무려 12년을 버는 셈이다. 시간의 여유가 생겨야 기획과 마케팅에서도 더욱 심혈을 기울일 수 있고, 독자들에게 보다 사랑받는 책을 만들 가능성도 커진다. 계속해서 초쇄도 팔지 못하는 책을 내게 되면 시간에 쫓기게 되고, 기획은 신중해지지 못하게 되며, 마케팅은 헛다리를 짚게 된다.

**문:** 장기적으로 누군가에게 월급을 주는 위치로까지 발전하지 않으면 안 되는데, 여기에 대한 두려움이 너무 크다. 여러 이야기를 듣다보면, 출판사 사장은 돈 빌리러 다니는 사람이 아닌가 싶은 생각이 들 때도 있다. 대표님께서는 어떻게 이 두려움을 관리하셨는지, 어느 정도 시점에 안정화를 이뤘는지 궁금하다.

**답:** 사람을 뽑는 일의 두려움은 단순히 월급을 줘야 하기 때문에 생기는 것이 아니다. 직원을 뽑는다는 것은 회사를 성장시키는 데 그 목적이 있다. 하지만 어떤 직원을 뽑았다고 해서 바로 성과를 내는 것은 아니다. 신입이라면 오히려

1~2년 정도는 비용을 더 쓰는 투자와 같다. 그런 점에서 작은 출판사 입장에서는 사람을 뽑는 것이 매우 어려운 선택이다. 사람을 뽑아서 비용은 늘어나는데 성과는 바로 늘어나지 않기 때문이다. 그래서 사람을 뽑는 것은 매우 신중해야 하고, 어느 정도 여유가 있을 때 해야 한다. 겨우겨우 적자를 면하는 수준에 있는 출판사가 사람을 뽑는다면 이중으로 힘들어진다.

세상이 변하고 있다. 직원들의 회사에 대한 기대치는 올라가고 있지만, 중소 규모 사업장은 급여나 복지 수준에서 그 기대치를 따라가기 버거운 것이 현실이다. 업종 간에도 양극화가 심해지고 있고, 대기업과 중소기업의 양극화도 심해지고 있다. 이런 상황에서 작은 출판사가 직원을 뽑아 규모를 늘려나가기는 쉽지 않은 일이다. 그 때문에 직원을 늘리고 싶다면, 직원의 숫자를 늘려도 회사가 타격을 받지 않을 수 있는 수준에서 하는 것이 좋다. 신규 직원 채용에 따르는 충분한 여유 자금이 있어야 한다는 말이다.

**문:** 창업 초기에 멋부린다고 2022년에 출간되는 외서도 막 비싼 돈에 계약하고 그랬다.

**답:** 앞서 얘기했듯이 외서도 비싸지 않은 것으로 잘 고르면 나쁘진 않다. 양질의 외서는 베스트셀러가 될 가능성도 크다. 물론 그런 외서가 많지는 않겠지만 말이다. 사업가로서는 외서를 또다른 측면에서 접근해야 할 필요성도 있다. 출간 포트폴리오에 외서가 어느 정도 들어가 있는 것이 좋다는 의미다. 국내서의 경우 원하는 때에 원고가 수급된다는 보장이 없고, 진행을 하기로 했다가 어그러지는 경우도 너무 많다. 따라서 출간 계획이 확실한 외서를 통해 리스크를 관리할 필요가 있다.

비싼 외서를 잡게 되면 여러 가지 리스크가 발생한다. 비싼 선인세를 주고 외서를 계약하게 되면 나중에 그 선인세가 아까워서 무리하게 마케팅을 하는 경우가 많다. 그렇게 해서 베스트셀러가 되면 좋지만, 만약 베스트셀러가 되지 못하면 두 배로 손해를 보게 된다. 창업기에는 절대로 비싼 책을 잡으면 안 된다. 아마존 같은 데서 열심히 책을 찾아 이 정도면 반응이 오겠다 싶은 아이템을 최소 금액으로 계약해서 도전해야 한다.

**문:** 이런 인터뷰를 창업하기 전에 해야 했는데, 이미 신나게 지른 다음에 듣고 있자니 너무 마음 아프다. 초기에 의욕이

하늘을 찌를 때 너무 비싼 외서를 많이 지르고 났더니 재정적인 압박이 오고 나서야 생각하고 지를걸 하는 후회가 된다.

**답:** 일단 신생 출판사들은 국내서를 많이 잡아서 시작하는 것이 좋다. 외서를 해야 한다고 하면 최대한 싸게 잡아서 하는 게 맞다. 회사가 작을 때는 책이 안 나갈 때를 대비한 선택을 해야 한다. 나도 돌이켜 생각해보면, '그때 오퍼 신청에서 떨어졌으니 망정이지 그 선인세를 주고 계약을 했더라면 어쩔 뻔했나?' 하는 아찔한 아이템들이 있다.

**문:** 사업은 잘하는 것보다 하지 말아야 할 것을 하지 않는 것이 더 중요하다는 생각이 들 때가 있다.

**답:** 사업을 할 때는, 현명한 선택을 하는 것보다 멍청한 선택을 안 하는 것이 훨씬 더 중요하다. 직원들은 실수해도 큰 실수는 하지 않는다. 왜? 실수를 최소화하게끔 시스템이 짜여 있기 때문이다. 말단 직원의 일은 상사들이 두세 단계 체크하도록 조직이 구성되어 있다. 그렇다면 가장 큰 실수를 누가 하느냐? 사장이 하는 거다. 자신감에 빠져서 '이 정도

못 하겠어?' 하는 생각에 큰돈을 선뜻 지른다. 사장들은 항상 이런 오만함을 경계해야 한다. 사장들에게는 '나는 니들보다 많이 해봤어', '내가 너희들보다 잘 알아', '너희보다 훨씬 똑똑해' 이런 무의식적인 우월감이 있다. 이런 우월감이 잘못 표출되는 순간에 큰 리스크가 발생하는 것이다.

**문:** 오늘 인터뷰의 핵심인 것 같다. "잘하는 것보다 멍청한 짓을 안 하는 것이 중요하다." 그래서 요즘에는 외서 레터 중 마음에 드는 것이 있으면 일단 기입해놓고, 자금 흐름이 좋아질 때 판권 문의를 하는 것으로 리스트를 만들어두고 있다. 이미 팔린 것은 어쩔 수 없고, 번역도 현금 흐름을 봐가면서 발주 시기를 정하고 있다.

**답:** 현금 흐름을 파악하는 것은 정말 중요하다. 이제 막 창업한 출판사 사장이라면 잔고를 매일 기록해야 한다. 서류상의 매출액은 큰 의미가 없다. 통장에 들어 있는 돈이 내 돈이다. 내 통장에 얼마가 들어오고 얼마가 나가느냐가 현금 흐름이다. 실제로 얼마가 있고 얼마를 썼느냐를 매일매일 체크해야 긴장감이 생긴다.

**문:** 마지막으로 출판 창업가들에게 해주고 싶은 말씀은?

**답:** 출판업은 진입장벽이 낮다. 초기 비용도 많이 들어가지 않고, 처음에는 사무실도 구하지 않고 집에서 해도 된다. 하지만 출판사 경영은 생각보다 힘들다. 책을 낸다고 바로 수익이 나지도 않고, 수익이 나지 않은 책들이 쌓이게 되면 어느새 1~2억 적자를 보기도 한다. 다른 업종의 창업이라고 해서 쉬운 건 아니겠지만, 출판사 창업은 생각보다 알고 있어야 할 것이 많다. 글만 잘 다룬다고 되는 것도 아니고, 기획과 마케팅, 그리고 돈의 흐름에 대한 감각도 있어야 한다. 시장이 흘러가는 방향도 볼 수 있어야 하고, 사람을 컨트롤하는 능력도 지니고 있어야 한다.

불황일수록 출판사 창업이 늘어난다고 하는데, 자신이 진출하고자 하는 출판 분야의 현실에 대해 좀더 면밀히 조사하고 살펴본 다음에 창업에 뛰어들 것을 권한다. 저자 한 명 잘 잡아서, 책 한 권 베스트셀러로 만들어서 살아남고 돈도 벌 수 있는 곳이 출판이기도 하지만, 그럴 기회를 잡는 사람은 매우 드물다.

물론 도전하는 자에게 기회가 있다. 하지만 막연한 희망을 품고 도전하기보다는 실력을 갖춘 상태에서 도전한다면 성공할 가능성은 훨씬 더 커질 것이다.

**문:** 오늘 정말 진심 어린 조언 감사하다. 함께 일할 때는 왜 이렇게 잔소리를 많이 하시나 괴로웠는데, 나와서 보니 그때 가르쳐주셨던 것만큼 열정적으로 배웠던 때가 업계 이력을 통틀어 처음이자 마지막이 아니었나 싶다. 얼마나 감사한 일이었는지를, 창업하고 나서야 절감하게 되었다. 아마 이 글을 읽는 독자들께도 창업에 대한 각오를 단단하게 다지거나 아예 포기하게 되는 값진 조언이 되지 않을까 싶다. 진심으로 감사의 말씀을 드린다.

# [멀리깊이 1년 결산]

(2020.06.01.~2021.05.31.)

| 항목 | 상세 내용 |
| --- | --- |
| 1. 자본금 | 100,000,000원 |
| 2. 매출액 | 156,039,483원 |
| 3. 지출액 | 인세와 국내외 계약금 60,733,544원 |
| | 도서 제작과 물류 71,177,971원 |
| | 홍보비 5,851,660원 |
| | 인건비(외주비 포함)와 임대료(보증금 포함) |
| | 83,881,398원 |
| | 컴퓨터 등 사무기기와 식대 일체 |
| | 11,024,454원 |
| | 제세공과금 9,263,570원 |
| | 계 241,932,597원 |
| 4. 직원 수 | 1명 |
| 5. 출간 종수 | 4종 10권 |
| 6. 제작 부수 | 31,087권 |
| 7. 출고 부수 | 20,760권 |
| 8. 첫 책 출간일 | 두근두근 확장 영어 01 빨간 머리 앤 |
| | 두근두근 확장 중국어 01 빨간 머리 앤 |
| | 2020년 09월 17일 |
| 9. 계약 종수 | 국내 11종 18권 |
| | 국외 5권 |
| 10. 거래처 | 기업 구매 및 공동구매처 제외 15곳 |
| 11. 2021년 매출 목표 | 3억 |
| 12. 향후 1년간 인원 충원계획 없음 | |

# 나의 꿈을 사랑해준
# 당신들에게

기원전 1400년경 고대 이집트에서 만들어진 『사자의 서』는 죽은 자가 안전하게 사후세계를 찾아갈 방법을 안내한 도서다. 죽은 이가 마땅히 갈 곳에 도착하길 염원하는 기도문과 예상치 못한 난관에 부딪혔을 때 사용하는 주문 등을 적었다고 한다. 책은 시신과 함께 관 안에 넣었고, 장례에 참석한 이들에게도 배포되었다. 누군가는 죽은 이의 영혼이 제 갈 길을 못 찾고 이승을 떠돌면 어쩌나 두려웠을 것이다. 그걸 안내하는 책이 있다면, 그 안내를 따라 초행길에 당황하지 않고 편히 다음 정착지에 도착하리라고 믿었을 것이다. 그래서 첫번째 핵심 타깃인 고인의 시신 위에 소중히 얹어주고, 두번째 핵심 타깃인 장례 참석자들에게도 나누어줬을 것이다. 죽음에 대해 어느 때보다 많은 생각을 하고 있을 이들에게 '너도 미리 읽어두고 죽고 나서 길 잃는 일 없도록 해라' 경각심을 일깨웠으리라.

원고를 쓰는 내내, 내가 하는 말이 진심인가, 혹시 있어 보이려고 꾸며내거나 거짓말을 하는 것이 아닌가, 수시로 검열했다. 써놓은 글을 몇 번이나 반복해서 읽고 고치기도 했다. 수차례 읽고 고쳐 써도 마음이 놓이지 않는 이유는, 별것 아닌 내가 이런 글을 쓰는 일이 가당치 않아 생기는 부끄러움 때문인 것 같았다. 그러나 글을 모두 써놓고 보니 이제야 비로소 '그래서 우리는 정말 책을 만들어야 할까?' 하는 회의감 때문이라는 것을 알겠다. 읽는 사람보다 쓰는 사람이 많은 시대에, 모두 힘을 내어 각자의 이름 걸고 출판이라는 것을 해보자 외치는 일은 얼마나 허무하고 초라한 일인가. 아마도 이 업에 몸담은 모든 순간에, 출판해서 먹고살 수 있냐는 회의적인 질문을 수도 없이 받게 될 것이다. 해를 거듭할수록 우리의 출판환경은 점점 척박해져서, 각자의 황금기에 비한다면 말할 수 없을 정도로 초라한 성적을 갱신해가며, 언제까지 이 일을 지속할 수 있을 것인지를 남도 묻고 나도 묻게 될 것이다. 그 질문의 때마다 우리에겐 꼭 만들어야 하는 책 한 권이 있을 것인가. 서점에 밀어내서 내 월급 만들려는 목적 말고, 누군가 길이 필요한 사람에게 이리로 따라가라고 최선을 다해 적어넣은 안내서 한 권을 기획중이거나 편집중이거나 제작중이거나 홍보하고 있는 중일 것인가. 그 어느 때에라도 그 한 권이 우리 두 손에 있길 바라면서, 부디 '그지' 말고 직원도 두고 성과급도 주는 멋진 발행인들이 되시기를 바라면서, 부디 우리가 내는 책이 누군가의 가슴을 뛰게 하길 바라면서, 그가 가보지 않은 길로 한 줄기 빛을 내리쬐어 우리 모두의 여정이 더 다양하고 입체적인 노선으로 가득하길 바라면서 글을 맺는다.

어느 하루 게을러본 적이 없는 성실한 나의 아버지, 언제나 더 높은 곳에서 멋진 삶을 살아내려 노력했던 나의 어머니. 두 분이 내게 가르친 양식이 인생의 얼마나 많은 것을 결정했는지, 오늘 내가 그것들을 얼마나 소중히 여기고 있는지 아마 두 분은 모를 것이다.

내고 싶은 책 마음껏 낼 수 있도록 기꺼이 자본을 대고 안정적인 시스템을 제공해주신 휴먼큐브의 황상욱 대표님께 진심으로 감사의 말씀을 드린다. 어쩌자고 그렇게 덜컥 찾아뵈었는지, 어쩌자고 또 그렇게 덜컥 '자네, 법인 해보지 않겠나' 제안을 하셨던 건지 알 수 없지만, 책 한번 만들어보겠다고 앞길을 고민하는 후배를 향한 진심 어린 연민과 격려의 결과라는 것은 알 수 있다.

무엇보다 휴먼큐브의 윤해승 부장님, 최향모 차장님, 지욱 과장님. 멀리깊이에 쏟아주신 진심과 노력 덕분에 지뢰도 피하고 구덩이는 뛰어넘으면서 지난 1년을 버틸 수 있었다. 정말로 감사드린다.

아무것 없던 멀리깊이에 선뜻 원고를 내어주마 도장 찍어주신 내 소중한 저자님들. 우리가 만든 책이 독자의 인생에 멀고 깊은 의미가 되고, 기쁨이 되고, 길잡이가 되리라는 확신이 제겐 있다. 이 확신이 멀리깊이의 모든 것이다. 진심으로 감사드린다.

틈틈이 원고 읽어주고 응원해준 지은씨와 세영씨, 그리고 내 다정한 친구들. 기도해주고 아껴주는 다정한 공동체의 여러분들(맞다, 바로 당신이다). 진심으로 고맙다. 칭찬받고 싶을 때마다 꺼내볼 수 있도록 모두를 양쪽 주머니에 넣어 다니고 싶다.

출간 제안을 해주신 신정민 대표님, 덕분에 멀리깊이 1년의 기록을 이렇게 멋지게 남길 수 있게 되었다. 대표님은 교유서가의 로고인 코뿔소를 닮았다. 강인한 이미지와 다르게 대체로 온순한 초식동물이라는 점이, 엄청난 전투력을 보유하고 있지만 말이나 코끼리처럼 인간 전쟁에 이용된 적 없는 동물이라는 점이(근시 때문이라는 설도 있지만) 그렇다. 강력한데 평화롭다.

떠올릴 때마다 눈 밑이 뜨거워지는 나의 온아, 서아. 좋은 책을 만들면서, 너희에게도 좋은 사람이 될게. 언제나 미안하고 언제나 사랑한다고 말하고 싶어. 너희가 무엇이 될지, 왜 될지, 누가 너희의 곁에 있을 것인지 궁금하고 기대돼. 그 설렘 때문에 하루하루 정말 행복해.

마지막으로 우리 대현씨. 만난 날로부터 단 하루도, 당신의 사랑을 의심할 필요가 없었어요. 멀리깊이를 시작할 수 있었던 건, 실패해도 안아줄 당신에 대한 믿음 때문이에요. 나를 아는 모든 사람이 당신의 이름을 알아요. 사랑해요.

## 날마다, 출판
**작은 출판사를 꾸리면서 거지 되지 않는 법**
ⓒ 박지혜 2021

초판 1쇄 인쇄 2021년 11월  1일
초판 1쇄 발행 2021년 11월 11일

지은이 박지혜

편집 이원주 이희연 신정민
디자인 윤종윤 이주영
마케팅 정민호 김경환
홍보 김희숙 함유지 김현지 이소정 이미희
제작 강신은 김동욱 임현식 | 제작처 천광인쇄사

펴낸곳 (주)교유당 | 펴낸이 신정민
출판등록 2019년 5월 24일 제406-2019-000052호

주소 10881 경기도 파주시 회동길 210
전화 031.955.8891(마케팅) | 031.955.2680(편집) | 031.955.8855(팩스)
전자우편 gyoyudang@munhak.com

인스타그램 @thinkgoods | 트위터 @thinkgoods | 페이스북 @thinkgoods

ISBN 979-11-91278-82-8 03810